火　种
——献给王子清烈士

王天银　著

中国言实出版社

图书在版编目(CIP)数据

火种：献给王子清烈士 / 王天银编. -- 北京：中
国言实出版社, 2022.3
ISBN 978-7-5171-4055-9

Ⅰ. ①火… Ⅱ. ①王… Ⅲ. ①叙事诗－中国－当代
Ⅳ. ①I227.3

中国版本图书馆CIP数据核字（2022）第045447号

火种——献给王子清烈士

责任编辑：张　朕
责任校对：冯素丽

中国言实出版社出版发行
地址：北京市朝阳区北苑路180号加利大厦5号楼105室（100101）
编辑部：北京市海淀区花园路6号院B座6层（100088）
电话：64924853（总编室）　　64924716（发行部）
网址：www.zgyscbs.cn
E-mail：zgyscbs@263.net

经销：新华书店
印刷：北京中科印刷有限公司
版次：2022年6月第1版　　2022年6月第1次印刷
规格：710毫米×1000毫米　　1/32　　11.5印张
字数：256千字

定价：58.00元
书号：ISBN 978-7-5171-4055-9

谨以此诗——

献给中共直南党史上"六个第一"的创造者王子清烈士！

序

南湖红船，起航新天地的波浪；火种燎原，点燃革命者的烈焰。

从上海石库门到嘉兴南湖，中国共产党第一次全国代表大会的召开，茫茫黑夜中闪出一道黎明的曙光。从此，这艘红船承载着历史责任、人民重托和民族希望，越过急流险滩，穿过惊涛骇浪，成为领航中国行稳致远的巍巍巨轮……

星星之火燎原红，血沃直南芳草劲。在那血与火、风与霜的革命岁月里，直南地区（河北南部、河南北部、山东西部大部分地区）和全国一样，风起云涌、惊涛拍岸，掀起了新民主主义革命的滔天巨浪。透过历史的沧桑，我们看到了直南第一个共产党员王子清等革命先烈，为了实现"英特纳雄耐尔"崇高而伟大的理想，抛头颅，洒热血，如凤凰涅槃般的生命之花催生了中共邯郸党建史上的"九个第一"（仅王子清就创造了其中的"六个第一"），把红色革命的种子播撒在这片古老的大地上，生根发芽，开花结果。

王子清是河北省邯郸市磁县岳城村人，1921年12月6日经革命先驱李大钊介绍，在北京加入中国共产党，成为直南地区第一位中共党员。他播撒革命火种，燎原沉睡大地，发展共产党员，建立党的组织，直接领导了六河沟煤矿工人大罢工、磁县城北反"插楼应差"运动、岳城"五一暴动"、彭城小车社工人罢工等一系列革命斗争，创造了直南第一个共产党员、第一个共产党小组、第一个共产党支部、第一个共产党县委等邯郸党建史上多个第一。1928年6月，作为顺直省正式代表，王子清参加了在莫斯科召开的中共六大。1938年春天，年仅35岁的王子清为了革命事业献出了宝贵的生命。

历史不会忘记这些高擎火种的人，现实更加弘扬火种照耀的未来。

为缅怀革命先烈，弘扬优良传统，进一步发挥红色文化的引领、教育、激励作用，王天银同志潜心创作了长篇叙事诗《火种——献给王子清烈士》。这首叙事长诗，诗意浓烈激情迸发，语言典雅气势磅礴，史料翔实、内容丰富、结构合理、精彩凝练，故事情节感人至深，人物形象鲜活逼真、通过一个个真实场景还原历史细节，塑造王子清等众多革命先烈英雄形象，全景式展现直南地区党的创建与寻路历程，是一幅热气腾腾的革命画卷，也是一首弘扬正气的红色史诗，更是一部引人入胜的恢宏力作！在此，我十分感谢作者的辛勤创作和编辑的无私奉献，并对这首长篇叙事诗的出版成书表示由衷的祝贺！

"执古之道，以御今之有。"历史是最好的教科书，是一个国家盛衰兴亡的真实记录，也融汇着一代代先辈创造的知识、经验和智慧。基于此，我们把王子清等革命先烈可歌可泣的英勇事迹辑印成书，作为鲜活的教材，生动的范本，聆听革命先辈的"心跳"，触摸他们伟大的灵魂，激励党员干部大力弘扬伟大建党精神，勿忘昨天的苦难辉煌，无愧今天的使命担当，不负明天的崇高理想，牢记历史、开创未来，埋头苦干、勇毅前行，为实现中华民族的伟大复兴而不懈奋斗。

红色火种照古赵，共绘太行新蓝图。我们期待《火种——献给王子清烈士》一书的出版，能为深化红色历史研究、挖掘红色资源、传承红色基因提供有益参考，也让革命先辈们为民族复兴、人民解放所表现出的不畏强暴、敢为人先的英雄气概，百折不挠、慷慨激昂的坚定信念，一往无前、视死如归的献身精神，成为走进新时代，开启新征程，展现新作为的又一信心之源，希望之源，力量之源。

中国人民解放军国防大学教授　李兵

2022 年 3 月

目　录

CONTENTS

第四章

第五章

第六章

序章

火种丹田气自横，水生万物鸟和鸣。

炎黄栽下林荫树，赤县山河天地明。

题记——火之蕴涵

火

物体燃烧之烈焰

大其下

锐其上

生命诞生之起源

钻木取火

生息繁衍

天地造化亿万年

光阴荏苒

沧海桑田

生生不息的火种

常常与水相关相联

水与火

天然物象之代表

相生相克宇宙间

水火不容，抑或交融

"水火相济"，相交为用乃乾川

日月不居

星移物换

风霜雪雨无情洗刷

地壳结构无数次裂变

气成春夏秋冬四季

形分高山、河流和平原

在这旷世的深邃中

天地间的精灵

自然与思想

从水与火的碰撞中

蕴涵、诞生、燃烧、燎原、璀璨

穿越时空

古往今来一线牵

走进一方热土

头顶一片蓝天

我们

集聚在华北平原

伫立在漳滏河畔

注目山水之秀

回看过往云烟

品味

太行之东的一草一木

赏读

漳河之北的花开嫣然

为华夏，为直南

为磁州，为磁县

滚烫的红色

点燃熊熊火焰

古老磁州

波澜壮阔三千年

三国魏黄

置地设县

开皇为州

州县轮换

商周殷侯

陶瓷烧造火初燃

魏文侯时

西门豹修渠引渡

力除漳水之患

赵简子初筑城池

防患于未然

蔺相如

不辱使命完璧归赵

曹孟德

逐鹿中原天下归汉

兰陵王

才貌双全英勇善战

岳鹏举

抗击金兵驾长车踏破贺兰山

一方宝地

传统文化底蕴深厚辉煌灿烂

一片沃土

孕育无数可歌可泣不朽诗篇

钟灵毓秀

美丽的山川河流见证戎马争锋

人杰地灵

固有的慷慨悲歌造就壮士好汉

子系祖典太行山石再燃烽火

清清河水漳滏激荡更起波澜

天上的星星照耀九州

璀璨的星火遍撒河流山川

俱往矣

英雄已逝令人叹

看今朝

风流人物又涌现

喜苍天降下一生灵

烛火熏蒸气贯丹田

一颗火种

引来星火燎原

一名好汉

舒展革命画卷

中共直南党建史上

"六个第一"的缔造者

王子清

就是中国革命的先锋模范

第一章

诚祈晨旭喻春兰，五月降生漳滏间。
文武才兼出岳镇，心怀志远铸青丹。

题记——火之诞生

第一节　高天厚土直南地

巍巍太行山

壁峭崖悬

滚滚漳河水

惊涛拍岸

晋冀鲁豫四省通衢的磁县

山区

丘陵

平原

三分秋色

披荆斩棘一路向东绵延

小麦

大豆

煤炭

地上地下

物阜民丰处处矿产资源

赵都

殷都

邺都

"三都"文化交汇

磁州窑火生生不息世代相传

历史

定格在

清光绪二十九年

时间

定格在

农历癸卯兔年

一九〇三年五月七日这一天

地点

定格在

直隶省磁州南乡岳城村的王家小院

一个新生儿的啼哭

引发直南革命史

壮阔波澜

一名年轻的共产党员

出现在人民革命事业的史册里

彪炳万年

五月的天空

高远辽阔

澄净湛蓝

五月的田野

满目苍翠

恣意绚烂

五月的日子

姹紫嫣红

百花争艳

五月的生活

因为收获了金黄的小麦

让人暂时忘记了苦累和疲倦

岳城村的父老乡亲们

坐在傍晚的街门口

静听漳河岸边蛙声一片

诉说岳城村引以为傲的厚重历史

吟诵着《满江红·怒发冲冠》

提起岳城

这个村庄真的不一般

宋建炎初年

抗金英雄岳飞驻扎于此

建有四门城垣

带领十万岳家军

打熬体力

战技训练

整装列队

阵形操演

抗击金兵

得胜凯旋

时至今日

村北驻兵的城寨遗址

仍然依稀可辨

矗立在城垣门口的四对青石狮子

姿态逼真

活神活现

像彻夜守候的将士

威风凛凛

浩气冲天

用"还我河山"的气概

抵抗金兵侵犯

"抗金英雄"称号

成为世世代代的美谈

风风雨雨的洗礼

没有将英雄事迹冲淡

反而把爱国主义情愫

播种到人们心田

爱国爱家爱英雄的父老乡亲们

自发为岳飞树碑立传

在城内修建岳飞庙

供奉武穆院

彩绘肖像

朱砂制丹

敬仰豪杰用神笔

雕刻岳家军成长壮大路线

岳母刺字，精忠报国

二十出征，攻打江南

挥师北伐，大胜完颜

收复失地，进军朱仙

十二道金牌，催令班师

遭小人陷害，千古奇冤

宋孝宗时，平反昭雪

追谥武穆，功德感天

"冻死不拆屋，饿死不打掳。"

"撼山易，撼岳家军难！"

一个个精彩片段

描绘着对岳家军的由衷敬佩

昭示出中华儿女坚强不屈的个性题签

每逢初一和十五

乡亲们自发来到岳飞庙前

粗大红蜡烛闪着火苗

铁制祭祀盆内放满纸钱

无论早晨与傍晚

男男女女磕头跪拜

老老少少驻足祭奠

缕缕青烟

是对岳武穆的人格敬仰

默默祈祷

是对岳家军的永远怀念

崇尚英雄的乡民

还在东南西北四个城门口

镶嵌上刻有"岳城村"大字的牌匾

光荣的村庄

凝聚着倔强的精神

不屈的民族

传承着爱国的礼赞

第二节　　嵩生岳降漳河畔

清朝之末

一八九九年

契刻有文字的龟甲兽骨

在岳城东南的小屯村被发现

一片片甲骨文

现代汉字的鼻祖和文献

一根根甲骨棒

彰显人类文明的灿烂

可谁能预料到

此时此地

列强铁蹄践踏中国

神州华夏连年战乱

大清王朝摇摇欲坠

慈禧太后苟且偷安

曾经文明的民族

风雨摇曳中遭受祸端

思想落后的民族

苦难中被西方列强嘲笑汗颜

在直南
在磁县
有殷商
有建安
也和当时的国境一样
传统文明与贫穷落后相伴

五月的岳城村
布谷鸟的声音有急有缓
"咕咕，咕咕"晨间鸣叫
催醒了王家小院
呱呱坠地的新生儿
给老王家带来了殷殷期盼

王德贵老来得子
本该满心喜欢
面对襁褓中的婴儿
他却仰天长叹
"这世道，
兵荒马乱，
天昏地暗，
水深火热，

生灵涂炭。

老天爷啊!

我王德贵的日子，

咋就过得如此熬煎！"

想自己

祖籍沙东

连年遭受水淹

漳河故道

一漠流沙月残

十一岁那年

跟着父辈

颠沛流离几十里

来到岳城把家安

脱离水灾遇干旱

艰辛熬度暑与寒

父母患病皆过世

一晃就是三十年

孑身一人

形只影单

直到光绪二十六年八月

四十岁的光棍汉

才巧遇一对父女逃荒要饭

贫困交加

病倒在村西土地庙前

心地善良的王德贵

将落难父女收留照看

请医送药

嘘寒问暖

悉心伺候

添衣加餐

感动得弱女子

脸上飞红晕

爱意出胸间

羞答答双手搓弄长辫子

以身相许大胆致谢表心愿

要和好人王德贵

生死相依

终生相伴

百年修得同船渡

千年修得共枕眠

父女俩住下多半年

王德贵深深爱意涌心田

听了女子一番话

立即应允笑开颜

"只要你不嫌弃我,

愿结一段好姻缘；
今生今世不分离，
耳鬓厮磨爱缠绵，
忠贞不渝和睦处，
贫富疾病都看淡，
相敬如宾一家人，
直到海枯与石烂！"

三月飞起桃花雪
惺惺相惜是自然
娶上逃荒落难结发妻
嫁给心地善良男子汉
夫妻俩
终于享受到婚姻的温暖
互敬互爱
风雨并肩
辛勤劳作
耕地浇园
只想着凭借两双手
早一点
把小日子过得幸福美满

可地处丘陵的岳城村
净是些荒岗荒坡和荒滩

漳河流水向东去

荒坡岗地十年九旱

沟接着沟

岭连着岭

无法耕种的是河滩

贫壤瘠土石头地

春种秋收全靠天

两口子辛苦劳作一年

打下的那点粮食

除去苛捐杂税

还不够吃上小半年

时不时

装粮食的缸就空成了底朝天

就是

挖野菜、啃树皮

也三天两头断炊烟

现如今添了儿子

家里却缺衣少炭

一个粮食籽也没有

拿什么给他娘俩

烧火做饭

添衣遮寒

您说

这种叮当响的穷时光
王德贵咋能不蹲在地上
长吁短叹

德贵妻

看在眼里

痛在心间

因为营养不良

身体瘦得像个麻秆

走起路来左摇右晃

两腿打战成了罗圈

怀中的娇儿

饿得头歪脖软

闭着的小眼睛

半天也不翻

蜷着小短腿

脑袋向右偏

时不时有气无力哭两声

头埋在母亲胸前

轻轻拍打儿子后背
丈夫面前强笑欢颜
"为了老王家的香火，
咱们，

勒紧腰带，

以苦当甜，

齐心协力，

共渡难关。

让儿子快快长大，

撑起咱王家的一片天！"

街坊邻居们

听到王家添子的消息

纷纷上门探看

食不果腹的家境

令人心酸

骨瘦如柴的小儿

让人爱怜

为了这一家

邻里抱成团

不论远和近

共同来支援

东家送来半升米

西家端来一碗饭

南邻担来两捆柴

北邻捎来三件旧衣衫

米饭柴衫

不值几个钱

帮困解难

情谊重如山

这就是勤劳善良的中国农民

这就是互帮互爱的乡邻观念

这就是历史悠久的中国传统文化

这就是中华儿女面向世界的道德呐喊

有了街坊邻里的帮衬

王家人渐渐露出笑脸

养育儿子

报答乡邻

成了王德贵最大的心愿

夫妇俩左思右想

给儿子起个乳名叫东山

盼的是

漳河东流迎日出

炉峰高耸有靠山

快快长成参天树

护佑天下百姓安

让贫困家庭

有吃有穿

不再流落街头

逃荒要饭

让街坊邻居

有衣有饭

生活变得富裕快乐

幸福一年又一年

有了儿子

干劲倍添

王德贵夫妇

心往一处想

遇事商量着办

齐心协力

要把家庭面貌彻底改变

尤其王德贵

人高马大

立地顶天

小时候

曾跟着村里的拳师

学过武术

练就一副好身板

身上的劲儿永远使不完

夏收割麦子

他一趟是三垄

弯腰割在前

往家挑麦子

一条扁担八个麦捆子

就像"二郎担山"

秋来锄玉米

他一天能锄一亩半

别人家地里长荒草

他锄过的地

那是草死苗活土发软

人勤地不懒

秋后粮仓满

辛勤劳作

换来家里粮食吃不完

多余的粮食

卖给镇上"贵兴号"

让妻子高高兴兴

坐在院里小凳子上去数钱

德贵夫妻俩

人诚心向善

遇事多担当

老实爱填憨

春夏秋三季忙农活

一天当着三天干

冬闲时节也不闲

贩布贩瓷贩卖盐

没用几年

两口子攒下好多钱

有了钱

钱撑胆

王德贵思索着

买块地

盖一团院

让小日子过得溜光圆

左寻右找

找到了村东南拐子街

老槐树的路西边

买下一亩地

准备建宅院

为了省钱

王德贵自己动手

拉黄土

烧青砖

凿方石

捡鹅卵

挖地基

学放线

一石一砖

垒了三年时间

硬是在新买的地方上

建起了三门相照的王家大院

第三节　　录为儒童贡事生

秋冬过后是春天

草木破土枝叶繁

不知不觉间

小东山屁颠屁颠走路欢

呀语学说话

跟在爹娘的身后边

缠着讲故事

还把凳子搬

高兴得德贵夫妻俩

忙把儿子搂在怀里面

把辛酸的家庭

混乱的世道

一遍又一遍

含泪说给小东山

目的是

让东山记住家仇国恨

从小立下鸿鹄志

长大成为顶天立地的好儿男

思想是本

行动是源

对待小东山

王德贵夫妇俩

不溺不宠

不娇不惯

领他到农田

早知苦和艰

教他懂孝顺

早把美德传

送他到学堂

早把书来念

带他学武术

早把体魄健

叫他独立行

早让担压肩

可爱的小东山

天资聪颖

调皮爱玩

知大知小

受人待见

每天跟随父亲

练完拳脚后

跑到村里的私塾去玩

琅琅读书声

羡慕得眼馋

想进学堂

却不够入学年龄条件

就趴在私塾的窗前

偷偷听讲

默默记下老师的一语一言

回家后写写画画

记在心间

没进学堂

《四书》《五经》就已全部背完

经常偷学

被老师发现

把小东山叫进教室

和其他学生一起做个试卷

判出分来

考试成绩竟名列在前

小东山还当着老师和学生面

背诵了抗金英雄岳飞的千古名篇

《满江红·怒发冲冠》

私塾的老先生

德高望重

堪为圣贤

对聪明胆大的小东山

格外喜欢

破例安排免费学习

直接进了私塾的中班

并依据王家辈分

给小东山起了学名——王维廉

希望小东山长大以后

知识报国

敢为人先

然而

天有不测风云

命运旦夕多变

王维廉十岁那年

春寒料峭

乍暖还寒

呼呼北风刺着骨头

未发芽的树枝被恶风刮断

阴沉沉的天空发出怪响

寒号鸟在院子四周不停地盘旋

小维廉母亲突发痨病躺在土炕上

又是咳嗽又是喘

上气不接下气

大口大口吐着带血的痰

高烧不退

浑身冒汗

脸色发青

舌头外翻

请过来几个郎中把脉问诊

纷纷摇头扭脸

"器官衰竭，

肺部感染，

病入膏肓，

已经无力回天。"

维廉母亲不幸病逝

一下子把王德贵的家

打入十八层深渊

中年丧妻

少儿丧母

人生大不幸

几乎压垮父子俩的双肩

雪上加霜

祸不行单

这一年

春旱秋涝

灾荒不断

岳城一带农作物大幅度减产

吃不饱

穿不暖

遍地饿殍的景象

深深印在小维廉的心间

家庭变故

生活苦难

农村落后

身世心酸

小小王维廉

内心世界悄然发生改变

自作主张

将名字改成王子清

立志

勤奋学习

增长才干

做百姓的子民

当为政清廉的好官

幼小的心灵

已经深深埋下

救国救民，改造社会的宏图伟愿

有了宏大志愿

王子清孜孜不倦

勤奋学习

不分暑寒

废寝忘食

刺股头悬

整日里

飞扬于"天地玄黄，宇宙洪荒"的时空

冥想于"人之初，性本善"的思辨

跟随着"赵钱孙李，周吴郑王"的传承

注视着三皇五帝的朝纲变幻

从私塾到学堂

成绩第一

无人比肩

小小年纪

已经名气远传

十一岁那年

王子清参加磁县县试

名列西南乡第一名

获得"儒童"资格人选

同年四月

以"儒童"资格

参加广平府府试

以优异成绩入选"贡生"

被黎公府、翰林院

选为神童

录为儒童贡事生

免去所有人头费

直接跳级到磁县第五高级小学

上了大班

第四节　求学直隶十三中

清朝末年

西半球的季风

夹杂着列强的腥臭气

混合着军阀的枪械声

从四处吹来

弥漫在中国的上空

领土领海

列强纷争

弱肉强食

军阀狂疯

满目疮痍

万木秋声

边紧

军困

食难

财空

业敝

技缺

国乱

民穷

乱世之下

爆发了轰轰烈烈的辛亥革命

四万万中国人

奔走相告

昭揭真理之帜

却找不到光明的路径

十月革命的炮声

震耳欲聋

开创人类历史新纪元

敲响了资本主义制度的丧钟

拉开共产主义序幕

标志着社会主义的诞生

十月革命的炮声

震惊世界各地

震醒中国工农

震撼着年轻的王子清

这一年

他以优异成绩

考入广府古城

学习于直隶省省立第十三中

第一次走出故土

离开岳城

王子清的心情无比激动

肩挎包袱

走出家庭

告别父亲

村口道一声珍重

迈开急促而坚定的步伐

渴望求知的心

早已向着百里外的广府

飞行

来到学校

古朴典雅的校舍

透着欧式气息的窗棂

操场上

奔跑着统一校服的学生

王子清

放松忐忑的心情

环顾目不暇接的新景

如干涸的禾苗

遇到了久违的春雨

不虚度每一个傍晚黎明

一股脑

钻进书籍的海洋

遨游在知识的太空

他在这里

知道了蒸汽机推动下的工业革命

知道了废除种族歧视的林肯总统

知道了西方列强侵略中国的鸦片战争

知道了孙中山领导的辛亥革命

知道了德国的马克思和恩格斯

知道了俄国"十月革命"领导者列宁

在这里，他

结识了磁县籍同学张学孔

从此不再禁锢那颗自由的心灵

相同的志向

相同的憧憬

相同的乡音

相同的血性

两个人时常在一起

讨论时事

追逐人生

"为什么，
有权力的人不讲真理，
讲真理的人备受欺凌？
为什么，
权力与真理经常分离，
真理是不是最后的社会大同？"

为什么
为什么
为什么的疑问
时常萦绕在他们俩心中
为什么
为什么
为什么的困惑
曾经让他们懵懵懂懂

于是
他们在懵懵懂懂中发奋学习
在懵懵懂懂中逐渐清醒
捧起《新青年》等进步刊物
细品陈独秀、李大钊战斗檄文的精髓内容
赏阅"铁肩担道义，妙手著文章"的豪迈

聆听布尔什维克的真理之声

吮吸着马列主义的阳光雨露

睁大了追求真理的眼睛

干柴烈焰般燃烧自己

如饥似渴地将先进知识装进脑中

第五节 "五四运动"见大钊

一九一九年一月十八日

法国巴黎凡尔赛宫

第一次世界大战结束后的协约国会议

被英美法等国家恶意操纵

拒绝中国废除"二十一条"等正当要求

将德国在山东的权益转由日本继承

软弱无力的北洋政府

竟然准备将《凡尔赛和约》签订

主权受到践踏

此乃天地不容

消息传回国内

中国人民义愤填膺

广州,南京

上海,北京

高校学生纷纷走向街头

组织示威游行

揭露西方列强嘴脸

抗议北洋政府的软弱无能

正义之声传到广府城

王子清立即找到张学孔

"国家兴亡匹夫有责，

咱们不能就地坐等，

应该配合大都市的高校，

立即组织学生示威游行。"

张学孔点头称是

表示十分赞同

并提出

"二人迅速组织，

分头展开行动。"

不料

串联动作太大

行动前走漏了风声

广府警局贴出布告

四处布警

围追堵截

直接下发通缉令

拘留示威游行组织者

悬赏捉拿王子清和张学孔

正直的校长刘延高

对青年学生呵护同情

表面上表示配合搜查

暗地里给学生搭起凉棚

佯装谈判拖延时间

委屈求全给警局写下保证

只要不拘留示威学生

学校承诺

不允许任何人组织游行

学生不再组织串联

广府城暂时恢复了平静

《凡尔赛和约》虽然暂时没有签订

仍是西方列强对中国的侮辱欺凌

"二十一条"压在国人头上

仍是一个永远的痛

作为一战战胜国的中国

北洋政府竟然卖国求荣

作为五千年文明的中华儿女

绝不允许西方列强在中国面前耍横

五月一日黑夜

北京的大街上

人稀车少

暮色寂寂

好似《凡尔赛和约》之事没有发生

北京大学内

千余名师生集聚西斋厅

研究决定上街集会

抗议丧权辱国的所有不平等

反对弱国外交的北洋政府

还中华民族应有的尊重

风平浪静的表象下

孕育着一场黎明前的暴雨狂风

鲸鱼不在小溪里游泳

鸿鹄渴望广阔的天空

北京的动向

同日里传到了广府城

五月三日傍晚

乌云密布

天上没有一颗星星

吃过晚饭的王子清

面对紧闭的学校大门

辗转反复

感觉鱼儿困进瓷瓮

走着走着

看到校园围墙上掉了一块瓦楞

一条计谋智从心生

叫上张学孔

决定翻身跳墙

到北京参加学生运动

无奈被学校保安发现

一路小跑紧紧追踪

从小练过武术的王子清

纵身一跳

身体一横

翻墙而过

跃入茫茫夜色中

连走带跑

赶到邯郸站

乘坐火车

五月四日天明时分到达北京

而张学孔

肥胖体重

走也走不快

跑也跑不动

被学校保安逮住

关到三更

走出北京火车站

大街上的人摩肩接踵

市民

群众

商人

学生

来自不同省市各个阶层

采取多种形式

示威

游行

请愿

罢工

上万人的游行队伍

气势如虹

低沉而猛烈的暴风雨

似乎一下子戳破黑暗的云层

王子清

快步来到长安街

毫不犹豫

冲进学生队伍之中

和游行的青年学生一样
挺胸抬头
步伐坚定
高举条幅走在大街上
"还我青岛，誓死力争"
革命口号
此起彼伏
响彻苍穹

突然间
天安门前金水桥南边
高悬的一副对联引人注目
卖国求荣，早知曹瞒遗种碑无字
倾心媚外，不期章惇余孽死有头
游行学生看着对联大声吟诵
痛打驻日公使章宗祥
周围的军警也无动于衷
火烧曹汝霖的门楼
全副武装的军警都不为所动
这就是爱家爱国的有生力量
这就是自动自发的风起云涌

面对"火烧赵家楼"事件
北洋政府一只眼闭一只眼睁

内阁、国会、总统

三者之间达成某种平衡

荷枪实弹的军警

一会儿软一会儿硬

他们内心对学生也无比尊敬

尊敬学生的大义凛然

尊敬他们的铁骨铮铮

尊敬他们的少年壮志

尊敬他们的忠义赤诚

白天过去到了傍晚

北京的大街刮起了冷风

有家的躲进家里

没家的流浪在街中

第一次进京的王子清

裹着身子分不清南北西东

就像刘姥姥进了大观园

感觉磁县和北京真的不同

举目无亲没有去处

走一走来停一停

一整天没有吃上一顿饭

掏出钱买了两个芝麻烧饼

吃饱饭后有了精神

脑海里满是李大钊的影

可李大钊住哪儿、在哪儿

他一点儿也不知情

想着想着

突然想到了

在北大上学的同村人李秉志

他肯定知道革命先驱李大钊先生

有了思路劲儿陡升

一路走来一路打听

半夜之前赶到北大

住进李秉志的宿舍"一根藤"

躺在床上没有睡

天南海北说不停

你说"五四运动"游行经过

他谈"火烧赵家楼"细致详情

从国内说到国外

从磁县说到北京

从史无前例的反帝反封建运动

说到日思夜想的李大钊先生

两人彻夜长谈

不知不觉到了天明

早上起来

王子清简单用冷水把脸冲了冲

督促李秉志

快快到红楼把先生等

二人疾步走到北大图书馆

仰望红楼

内心充满深深的恭敬和虔诚

十一级木制楼梯台阶

他们弯腰提足脚步轻轻

来到李大钊办公室门前

李秉志就要把门敲出声

王子清上前把手横

挡住秉志整个面容

"大钊令我们仰慕已久,

不能这样随随便便见先生!"

"那怎么办?

那如何行?"

"理理头发,

把衣服抚平,

用一个稳重形象来作凭证!"

整理完毕

王子清敲门轻轻

"哪位?请进!"

屋里面传出慈祥声

听声音二人把门推

"吱扭"一声

轻步迈进李大钊的办公室中

但见办公室内

木制地板颜色棕红

墙上挂着嘀嗒嘀嗒的闹钟

古香古色的书柜

放置的古书籍露着线绳

李大钊坐在书桌后面

桌上亮着一盏台灯

可能是彻夜未眠

眼袋稍大略显红肿

但依然

英俊威武

目光炯炯

短寸头发

如钢针一般坚硬

满脸络腮胡子

戴着厚厚的眼镜

气宇轩昂

玉树临风

潘安之貌

沉着安定

见来人

大钊先生

立即起身相迎

李秉志跟李大钊有过一面之缘

主动上前自我介绍做了说明

王子清双手冒着汗

紧张而又激动

一步跨到书桌旁

向李大钊吐露心声

"我是直隶十三中学的王子清，

到北京参加五四运动。

对您仰慕已久，

今日冒昧来见先生。"

李大钊一听

哈哈大笑

"只要是为了革命，

啥时见我都行。

你来自直隶十三中，

我的籍贯是唐山乐亭，

咱们两个是老乡，

同属华北直隶省。

见到你们年轻人，

我也十分高兴！”

说话之间来到书架旁

将《法俄革命之比较观》

《庶民的胜利》两本书

分别递到秉志、子清二人手中

并将《志成学子之歌》

念给他们听

"人在年少时，一定要励志，

经得起风雨，才能长见识；

莫好高骛远，稳健才扎实，

做事讲诚信，做人讲良知。

你有能力时，决心做大事，

没有能力时，快乐做小事；

你有余钱时，就做点善事，

没有余钱时，做点家务事。

人活一辈子，要好好深思，

当有成绩时，要常照镜子；

没有成绩时，学习不停止，

私心膨胀时，欲望要节制。

你有权力时，就做点好事，

没有权力时，就做点实事；

当你能动时，就多做点事，

你不能动时，回忆开心事。

人这一辈子，都会做错事，

尽量避免做傻事，坚决不能做坏事，

人生就是这回事，堂堂正正一辈子！"

念罢学子之歌往前走

李大钊先生

伸出宽厚而又温暖的手

紧紧握住王子清

这一握

握出了志同道合的忘年交

握出了生死与共的战友情

握出了革命斗争的前仆后继

握出了中共直南地区的燎原火种

握出了解放人类的共同心愿

握出了震撼后世的伟大心灵

李大钊亲切接见

王子清心劲儿大增

详细汇报直南学生运动状况

得到李大钊的好评

告别出门

先生执意相送

迎面碰来了同为直隶省的杨景山

拿着游行传单大声吟诵

王子清鼓起勇气
转身恳求大钊先生
"能否送些传单，
拿到直南发挥作用？！"
景山舍不得
让子清买个油印机
自己印刷装订

王子清翻遍口袋
掏出区区几个钢镚
别说买油印机
就是吃饭也得处处节省
此时此刻
脸上臊得通红

面对追求进步的青年
大钊先生充满温情
"我这里闲着一台油印机，
你可以拿去用！"

"这一台油印机多少钱呀？
我觉得太贵重。

怎能拿先生的贵重物品，

这个不能，

这个真不能！"

"拿去吧，

都是为了革命。

愿这一台油印机，

让革命同志友谊永恒！"

接过油印机

王子清"啪"的一下

敬礼立正

"感谢先生，

恭敬不如从命。"

毅然走下楼梯

转身对着招手的大钊先生

深深鞠了一躬

这台油印机

伴随着王子清

转战直南各地

印刷了《直南红旗》等大量刊物

成为一束璀璨的火种

也成为革命战友深情大爱

最直接的象征

经过

李大钊先生

鼓励

支持

教育

引领

一个懵懂少年

暗室逢灯

醍醐灌顶

茅塞顿开

如梦方醒

此时的王子清

内心深处涌动出无限爱国热情

李大钊号召

青年知识分子

到基层去

到民间去

到农村去

联合群众开展革命斗争

王子清

毫不迟疑

积极响应

带着李大钊赠送的书籍

离别北京

回到省立十三中

鼓动学校提前放了暑假

和进步青年一起

回到老家岳城

借助邻里关系

依靠平民百姓

组成三个宣讲小组

田间地头

群众家中

抓住一切机会

讲解"五四运动"

宣传外面世界

反对"二十一条"

细数列强的罪状

揭露"二十一条"暴行

"二十一条"啊

中华民族的痛

看似一个简单的数字

却是二十一条带血的锁链

捆住手脚还不许发声

"二十一条"啊

不是一个简单的数字

那是肢解中华民族的匕首

分割五脏六腑还不让喊痛

"二十一条"啊

丧权辱国

地裂山崩

进步人士大声呐喊

反对浪潮山回水应

中国的土地

怎许狗狼撕争

"二十一条"

看似列强逞凶

实缘中国落后与贫穷

细数五代十国

列举唐宋元明清

一个个事实

一个个场景

历史告诉我们

落后就要挨打

贫穷备受欺凌

弱国没有外交

强权肆意横行

面对如此情景

王子清怒火在胸

回到岳城一带

编小戏

演皮影

办集会

大游行

利用多种形式

配合着全国

反对"二十一条"的猛烈行动

岳城

正向四周散发着点点火星

第六节　勤工俭学赴法国

笼子

可以让小鸟婉转啼鸣

关不住翱翔的雄鹰

浅池

可容游来游去的小鱼

盛不下腾飞的蛟龙

学校

好似一座围城

锁不住那颗不安分的心灵

王子清

在学校

推窗远望

极目苍穹

繁星点点

闪烁夜空

仿佛听到了"巴黎公社"的宣言

好似看到了马克思、恩格斯的身影

心有所想

情有所生

心有所思

事有所成

心有所念

不负此生

真可谓

心有灵犀一点通

王子清的思索

引起另一位革命者共鸣

就在王子清从直隶十三中毕业不久

杨景山从高阳县寄来书信一封

"布里留法勤工俭学工艺学校，

专门接纳进步青年学生，

到法国勤工俭学，

追寻救国救民的理想之梦。

能去否？

请商定！"

看过信

心激动

刹那间

王子清浑身躁动

情似炉火

热血沸腾

提笔回信

等待具体行程

一九二〇年七月

王子清

收到去法国勤工俭学的邀请

筹集盘缠

告别家庭

步行，汽车、火车

火车、汽车、步行

辗转月余

十一月七日

终于赶到了上海城

黄浦江口

波涛汹涌

"波尔多斯"号邮轮汽笛长鸣

甲板上的组织者

催促着赴法勤工俭学的学生

王子清排队上船

登记过姓名

和同去法国的乘客一起

疾奔船舱二层

站在甲板的露天台上

双手紧紧握住船边的缆绳

任凭清凉海风吹拂

看飞翔的海鸥与雄鹰

呜呜呜

嘟嘟嘟

汽笛声声

邮轮启程

"波尔多斯"号缓缓前行

宽阔的海面划开层层涟漪

船尾卷起的浪花朵朵晶莹

树在移动

山在移动

王子清舒缓一口气

顿觉人生如蓬

大海蔚蓝

霞蔚云蒸

邮轮

经香港、海防、西贡

绕过新加坡

从马六甲海峡进入印度洋中

又经非洲吉布提进入红海

通过苏伊士运河

从塞得港转入地中海航行

漂洋过海三十多天

于一九二〇年十二月十三日

停达马赛港

王子清

下船来到法国第二大城

由于语言不通

大部分学生

被安排到施耐德工厂打工

吃苦耐劳的性格

王子清轻松完成繁重的体力劳动

劳作之余学习英语、法语

提高自己的外语水平

每天晚上学习自然科学

提高自身业务技能

学习马克思主义思想

探索改造中国的方法和途径

可是

高强度、低报酬的体力劳动

摧垮了部分娇生惯养的中国学生

身体顶不住

意志不坚定

被工厂的资本家狠心辞退

恐慌的情绪不断滋生

没学上无饭吃

法国勤工俭学的美梦

渐渐地成为

一种虚幻的泡影

这样的背景

勤工俭学分出两个派种

一个是"蒙达尼派"

认为勤工俭学完全失败

政府应该把学生全部变为官费生

另一个是"勤工派"

认为部分学生陷入困境

完全是自身原因所形成

两个派系舌枪唇战

一时间水火不容

而北洋军阀和法国政府

隔岸观火不加调停

工厂，学校

补助，捐赠

联合，分割

习文，辞工

勤工俭学难以维持

混乱的场面牛气哄哄

王子清

看在眼里急在心中

对勤工俭学的失望感

陡然而生

可塞翁失马

福从祸里生

王子清

天生就是一个大福星

困惑之时

很幸运

很光荣

在巴黎见到了

同样勤工俭学的周恩来先生

谆谆教导

循循善诱

王子清的思想升华一层

真正认识到

只有传播马克思主义

只有发动工农大众

只有推翻封建帝国主义

中国才能从黑暗走向光明

按照周恩来指示

急性子的王子清

一刻也不等

一会儿不想停

在法国勤工俭学九个月后

于一九二一年九月回到岳城

一边教书

一边劳动

一边把先进思想传播给穷苦百姓

默默地在黑夜里闯荡

期盼着日出东方的黎明

第二章

乌云翻滚罩神州，嘉兴红船汇激流。
辟地开天情长迈，直南志士共筹谋。

题记——火之初燃

第七节　心许中国共产党

南湖红船上的灯火

亮过天上的星星

中国共产党的诞生

犹如一轮红日从东方冉冉升起

照亮了中国革命的前程

闻此讯

心难平

探索中的王子清

远眺红船

仰望天空

终于看到满目的光明

一九二一年十二月六日

北京

天寒地冻

滴水成冰

可王子清的内心

却热气腾腾

这一天

他又一次来到北京

走进西单石驸马街后宅胡同三十五号

来到李大钊的家中

大钊先生从窗户里发现了他

疾步走出屋外

声音暖如春风

"子清，赶快进屋，外面冷。"

一进屋

王子清顿感暖意融融

坐在大钊先生的对面

如同弟弟见到了亲兄

叙述法国勤工俭学概况

汇报直南工作情景

坦陈心中困惑

请示下步重点工作内容

李大钊满脸微笑

坐在椅子上认真地听

不时点头肯定

不时进行更正

听完王子清汇报

李大钊突然严肃了神情

"你读过《共产党宣言》吗？"

"读过！里面讲的都是劳苦大众的事情。"

"你知道中国共产党吗？"

"知道，他是人民的大救星！"

"你愿意加入中国共产党吗？"

"我愿意，愿意为党的事业奋斗终生！"

"好！好！

不愧是我的得意门生！！"

大钊先生站起来

神情分外庄重

"请你跟着我，庄严地举起右手！"

王子清立即挺起胸膛

双腿并拢

高高举起右手

"我宣誓，为了党，

我甘愿献出自己的一切，包括生命！"

这声音

发自肺腑、震耳欲聋

激荡着一名共产党员的初心使命

这声音

英勇顽强、不怕牺牲

豪迈飞出石驸马街后宅胡同

这声音

惊涛骇浪，磅礴乘风

迅速融进直隶南部的田间地垄

这声音

气壮山河，地裂天崩

勇猛撞响神州的大吕洪钟

从此

直南大地第一个共产党员

深深地刻上了王子清的姓名

这位十八岁的年轻汉子

追随镰刀和锤头

让鲜红的旗帜更艳更红

为了党和人民的事业

留取丹心照汗青

王子清啊王子清

您是一颗火种

星火燎原

燃亮了直南大地的天空

您用忠诚

书写了直南党建"六个第一"的历史

您的事迹

激励着燕赵儿女

齐心协力

奔赴新的时代征程

第八节　成立人生改进社

五四运动

澎湃着王子清火热的胸膛

法国留学

驱散了王子清心中的迷茫

党旗下宣誓

指引着王子清前进的方向

故乡磁县

见证了王子清身上蓬勃的力量

一九二二年初

受北方地区党组织委派

王子清回到自己的家乡

在岳城镇屯头学校

当了一个教书匠

教课之余

给全校师生

讲中国百姓的贫苦现状

讲巴黎公社无产阶级武装

讲俄国"十月革命"爆发历程

讲在上海石库门成立的中国共产党

在学校

和教工厨师

王思孝、范志连睡在一个炕

每天睡前把革命的事情详细讲

成立"读书会"和"协力维新会"

让村子周围的人

了解中国革命的正确走向

倡导白话

反对文言

用民主科学冲击迷信思想

女人要放足

男子剪长辫

"不娶小脚女子"的布条

缀在了师生的衣服上

打破封建礼教

抛弃"三纲五常"

新文化运动的号角

如清夜闻钟

似当头一棒

有力冲击了

旧文化

旧信仰

旧礼教

旧道德

旧观念

旧思想

以岳城为中心

东南西北的十里八庄

处处散发着新鲜的空气

片片都是萌动春意的土壤

初夏的夜晚天气爽

王子清坐在漳河旁

仰望天空无数星

双手托腮细思量

"身高马大似铁塔，

虎背熊腰体格壮。

脸黑心善亲乡邻，

大家称我是'黑王'。

是'黑王'不能辜负百姓的心，

我只有坚定不移地往前闯。

入党只是刚开始，

革命的道路还很长，

不能停歇，

不能彷徨，

必须紧紧依靠群众依靠党，

让前进的道路更敞亮。

一支竹篙难以渡大海，

众人划桨方可过汪洋，

星星之火气势小，

星火燎原才能漫天红光！"

思绪开朗他不等

临渊羡鱼不如赶快结网

和上级组织保持密切联系

经常聆听党的最新主张

通过设在广州的社会主义青年团中央

让恽代英、萧楚女两位主编

寄送杂志社出版的进步刊物和文章

从《中国青年》《向导》等刊物里

汲取丰富营养

结合直南农村工作实际

广泛传播马列主义和中国革命进步思想

打起锣鼓把歌唱

背上个小布兜跑四方

包里装着《新青年》

要让进步书刊放光芒

出岳城向东走

步行来到讲武城乡

召集百姓围一圈

把曹操练武的故事讲一讲

以少胜多败袁绍

屯兵筑城练武忙

一统三国大智慧

千古垂青是那些土城墙

讲罢古代讲现代

问大家眼下谁最忙

乡亲们说老百姓忙得快要死

却整年过不上好时光

你说说这是为什么

地主压迫民遭殃

一问一答解心结

劳苦大众是非观念重新梳理方向

讲武城讲罢到县城

接下来再到光禄村讲

大家伙听着王子清的话

越听心里越亮堂

听讲的人数越来越多

大伙儿激动得热烈鼓掌

一次又一次

一趟又一趟

十里八乡各个村

王子清用宣传发动的脚步去丈量

宣讲之余细细想

走村入户的方式力不强

怎样发动效果佳

给恽代英写信解迷茫

恽代英从湖北黄冈回了信

介绍其成立"共存社"的真实情况

看罢回信心激动

王子清一拳砸在书桌上

好方法四两拨千斤

新思路三军有良将

一定快快办社团

让直南革命的星火燃放光芒

岳城村有个薛明礼

上过高中思想很开放

子清送书明礼看

二人一起谈理想

有一天子清跑到明礼家

把成立社团的事情来商量

明礼一听连叫好

"这样的事情就应该大胆闯。"

两人谈的正投机

含笑秦把门敲得邦邦邦

进门之后忙称赞

赶快起个好名堂

三人左思和右想

觉得"人生改进社"最恰当

起了名字无章程

把他们几人愁断肠

子清左手搓右手

踱来踱去额头碰门框

额头碰疼正懊恼

一拍脑门心里亮

何不到天津找省委

把成立社团的事情说端详

省委肯定想法好

对社团的事情高度赞扬

"切合直南实际,

莫要犹豫彷徨,

依靠群众依靠党,

抓紧行动展锋芒。"

得到指示回家乡

进门对妻清莲讲

"天津之行长见识，

外面的世界不一样，

天津卫的大街小巷，

'爱国同志社''觉悟社'，

此起彼伏，

一浪高过一浪。

我们也要学习人家，

成立组织凝聚力量，

发动群众，

改造社会，

为党的事业增砖添瓦，

把直南大地的篝火点亮！"

贤妻清莲坐炕上

若有所思把夫望

停了大约一刻钟

点头称是开了腔

"老辈人常说桃园三结义，

生死患难刘关张，

你在外面干大事，

就要和他们一个样！"

子清点头又摇头
严肃话儿说出口
"共产党和他们不一样，
哥们儿义气太荒唐，
改造社会救百姓，
实现共产主义才是大方向！"

一席话儿心里亮
赵清莲仰脸挺胸膛
"死活都是王家人，
随着丈夫心不慌，
你说咋干就咋干，
夫唱妇随没商量。
全力支持办社团，
这辈子跟定了共产党！
家里的东西尽管用，
人手不够俺帮忙！"

这就是
共产主义的先锋队
这就是
无产阶级战士的避风港
这就是

志同道合的好夫妻

这就是

革命伉俪好鸳鸯

度量大如海

意志坚如钢

抛头颅

洒热血

毕生献给共产党

十天之后七月一

弯弯的谷穗发了黄

直南大地风云涌

革命篝火越烧越旺

王子清

站在薛明礼家的东厢房

铿锵有力把话讲

"乡亲们，

都想想，

是咱力气小，

还是体格不硬朗：

是咱不勤劳，

还是不起五更不熬晌。

为啥，

农民种地，

地主收粮，

受剥削的事儿，

总落在穷人头上？

地主不干活，

喝辣还吃香，

这是为什么？

哪有这纲常？

只因为，

人心不齐整，

不争不反抗，

没有先进阶级的领导，

缺乏正确的革命思想。

成立"人生改进社"，

咱们团结起来同担当。

劲往一处使，

心往一处想，

反抗剥削，

改变现状。

让做工的有饭吃，

让种地的能分粮，

让穷人的孩子能上学，

让贫困的老人有所养，

快快乐乐过日子，

让咱劳苦大众得到基本保障。"

子清讲罢都鼓掌

口号呼得震天响

五十多条好汉聚一起

选举王子清任社长

宣读组织章程

明确任务方向

强调工作措施

制定活动大纲

每月活动两次

邀请知识分子演讲

研究社会思潮

传播进步思想

作为党的外围组织

"人生改进社"

实际办成了马列主义的讲习场

为直南第一个党小组的产生

提前闪出了丝丝光亮

第九节　直南首个党小组

"人生改进社"成立

岳城百姓群情激昂

党的工作秘密进行

对外活动相得益彰

印发传单缺乏资金

王子清瞒着父亲

典当了妻子的结婚嫁妆

取出李大钊赠送的油印机

从县城买来一摞摞纸张

每到夜晚

赵清莲门外放哨

王子清成了油印匠

先在煤油灯下刻好蜡纸

再将蜡纸夹进印刷网

胶滚推开黑黑的油墨

木框内的纸张哗哗作响

一双灵巧的手

不嫌累，不怕脏

让革命传单油墨飘香

不经意间

字字珠玑的传单

飞进十里八乡

燃起微弱的火苗

温暖进步青年的心房

思想靠宣传

斗争靠武装

文武相承又相帮

在岳城

成立"武术团"

地点尚武堂

练

斧钺钩叉

剑戟刀枪

鞭锏锤抓

镗槊棍棒

矛耙拐子流星

太极拳外加八卦掌

"十八般武艺"

绽放武术宏光

练得

"人生改进社"成员

身体个个倍儿棒

为日后的武装暴动

奠定了基础

积蓄了力量

每天傍晚练武

夜里休息在床

翻来覆去不能入睡

心绪漂泊在远方

天津之行拂眼前

省委指示心中装

利用"人生改进社"

迅速发展共产党

王子清

仔细观察

精心培养

在进步师生中

先后介绍

范志连

王思孝

赵迎和

光荣加入中国共产党

介绍岳城村青年

峇子瞻

峇笑秦

加入中国共青团

在北京

还介绍

李秉志

加入中国共产党

壮大了组织

扩大了影响

契合了李大钊先生

"知识分子与工农结合"的革命思想

五指攥成拳

周身有力量

发展的党员聚一起

定能胜过一杆枪

睿智的王子清

心里早就这么想

立即赴北京

请示明方向

北方区委批准成立党小组

让党的声音在直南大地高歌猛唱

一九二二年十二月

地冻天又寒

北风刺骨凉

一个月明星稀的夜晚

新弦弯月如镰刀般闪亮

月光辉映照出草木的清冷

直南大地泛起一层层白霜

然而

岳城第五高小的院子里

挂在教室檐角上的风铃叮当作响

西厢房的灶台内

坐着的水壶冒起股股热浪

王子清

范志连

王思孝

赵迎和四名共产党员

一起围在火炉旁

四根红烛照亮满屋

王子清起身站在屋子中央

"共产党员范志连。"

"到！"

"共产党员王思孝。"

"到！"

"共产党员赵迎和，"

"到！"

"现在我郑重宣布：

经北方区委批准，

磁县共产党小组正式成立！"

话声刚落

四个人同时鼓掌

这掌声

凝聚人心，回声嘹亮

这掌声

沁人心脾，胸有朝阳

这掌声

触及灵魂，风雷激荡

这掌声

闪耀火星，带来希望

作为党小组组长

王子清

面向窗外的那一弯月亮

举起右手

声音爽朗

"请大家跟着我，

向伟大的中国共产党宣誓：

服从组织，

心许于党，

听从指挥，

永不叛党！"

这宣誓声

发自肺腑

掷地铿锵

浑厚有力

充满向往

党啊

伟大的中国共产党

以集体的智慧

在漳滏河畔

让第一个共产党小组的旗帜

迎风飘扬

让星星之火

燎原直南大地

让革命的火种

闪出耀眼的光芒

第十节　　女豪杰清莲入党

那一天

初升的太阳刚刚照进山涧

黎明的乡村冒出缕缕炊烟

王子清

从土炕上翻身而起

简单扒拉了几口早饭

掂起行囊

告别刷锅的妻子

留下歉意的语言

"我是党的人，

目标在天边，

工作平凡又伟大，

怎能围着家里转。

共产党小组虽然成立，

但缺乏直指苍穹的利剑。

没有行动纲领，

不能盲目独干，

要找北方局领导，

汇报工作，

学习经验，

继续进行革命斗争，

谋取党组织的更大发展。"

清莲擦干双手

围裙解离腰间

拍打丈夫胸脯

早已泪落衣衫

"子清啊子清，

我的夫君，

我的伙伴。

自从那年嫁给你，

清莲抱定一个心愿：

相知相遇，

相守相伴；

夫唱妇随，

花好月圆；

天作之合，

幸福美满；

不离不弃，

爱到永远。

你想想，

咱们结婚四五年，

相聚少来多离散，

记不清你多少次告别，

数不清我多少次期盼。

你呀你，

春辞秋不归，

夏走冬不还，

整年漂泊在外，

在家能待几天时间。

而咱家，

上有老，

下有小，

我细心照顾每日三餐做好饭；

夏季单，

冬季棉，

我要让公公儿子都有新衣穿。

白日里田地干活，

黑夜里孤灯难眠，

我赵清莲嫁鸡随鸡、嫁狗随狗，

何时喊过一声怨。"

"今天你又要往外走，

为妻我肯定不阻拦，

只想说几句悄悄话，

让你藏在心里时常暖。

你呀你，

一个不知享福的小傻男，

常年奔波在外，

无人陪伴身边，

衣服脏了记得洗，

肚子饿了吃饱饭，

天热需要多喝水，

天冷别忘把衣添。

功名利禄我不要，

只要你，

咋走咋回，

给我一个平平安安！"

"一席话儿胜千言，

王子清愧对爱妻赵清莲。

五尺男儿顾不了家，

我这个丈夫真汗颜，

对父我是个不孝子，

对子我照顾得不周全。

王家全靠清莲你，

你把家庭的责任扛在肩。

真心感谢清莲妻，

我弯腰鞠躬抱双拳，

再次谢谢我的妻，

大恩大德，

我这一辈子恐怕也报不完！"

"别别别，

慢慢慢，

你不用感谢，

更不用愧歉。

妻知道，

你是一名共产党，

你要救劳苦大众于水火间，

你要为人民群众谋幸福，

你要为家家户户寻团圆，

你干的是顶天立地的大事业，

为妻我要给你当块垫脚砖，

今天只求夫君一件事，

你要了却我的心愿。"

"爱妻有事只管说，

为夫一定不二言！"

"我也要加入共产党，

和你同坐一条船，

生死相随，

风雨并肩，

让直南大地草木绿，

让头上的天空色变蓝，

让贫苦的百姓抬起头，

让现实的社会不昏暗，

咱齐心协力，

一起推翻压在头顶的三座大山！"

听罢清莲这句话

子清把爱妻搂在怀里面

"我的好老婆，

我的好伙伴。

你是世上最漂亮的女子，

你是人间最忠烈的婵娟。"

这一刻

心与心发生碰撞

灵与灵传递震撼

这是一对天成佳偶的心心相印

这是一对幸福伉俪的齐眉举案

这是一对生活伴侣的不离不弃

这是一对革命战友的生死之恋

记住这一天吧

请记住这一天

一九二四年九月十四日

岳城村东南拐子街的王家小院

正堂屋的东里间

赵清莲站在一块红布剪成的旗帜面前

高举右拳

跟着王子清庄严宣誓

"我志愿，

我志愿加入中国共产党，

成为一名真正的共产党员！"

从那一刻起

巾帼女杰赵清莲

直南地区第一名女共产党员

跟随王子清

散传单

送信件

组织秘密交通

掩护地下党员

为了党的事业

散尽家财

越过波澜

一心为党

不惧危险

先后失去了
一个儿子和一个女儿
展现了
一名女共产党员的
铮铮铁骨和坚定信念

第十一节　北京秘密联络站

告别妻子

王子清到北京把大钊先生见

在北京大学图书馆

有幸见到了

李大钊和杨景山

两位党的领导人

亲切接见

倾心畅谈

王子清

汇报了

直南党小组成立多半年

党建工作的方方面面

提出了

"中国革命必须抓住重点，

基层组织健全完善，

团结所有劳苦大众，

与农民群众生死患难，
把各种力量聚集到一起，
像石榴籽一样紧抱成团，
让党的旗帜迎风招展，
让党的事业坚如石磐！"

子清汇报大钊赞
乐坏了旁边的杨景山
二人齐伸大拇指
内心里真是乐翻了天
"子清水平不一般，
直南工作走在前。
单打独斗可不行，
依靠群众是关键，
再接再厉谋大局，
党的组织要扩展。"

目标一致谈得欢
知心话儿说不完
不知不觉夜也深
子清告辞出房间
天下小雨气候寒
冻得浑身直打颤
看到衣衫太单薄

李大钊忙把子清喊

"稍等，稍等，

可要注意驱寒保暖！"

说着话儿手未闲

解开扣子把外套翻

取下自己的羊毛围巾

亲自给子清披在肩

转身递上一把遮雨伞

遮风挡雨又安全

轻轻握住子清的手

深情一握胜过万语千言

北京之行箭上弦

上下级联系不能断

方便传达党指示

需要建了个秘密联络站

建站容易筹款难

王子清只好回家转

谎称外出做生意

再次向老父亲要了钱

这几年

子清父亲王德贵

白天地里干活

夜晚编筐编篮

打下的粮食刚够吃

到集市上卖筐卖篮赚个零花钱

供养子清上学

照顾全家吃穿

一年到头

也积攒不了几个钱

面对儿子的要求

王德贵犯了难

给吧

家里真的没有多少钱

不给吧

又怕儿子去外面乱窜

听说子清做生意

王德贵出钱倒也乐愿

咬咬牙

从柜子里拿出小包裹

颤颤巍巍递到子清胸前

反反复复细叮咛

这可是家里最后的钱

"在外好好做生意，

千万别给咱庄户人家丢脸面。"

子清骗过父亲要到钱

别提心里多喜欢

告别父亲王德贵

吻别妻子赵清莲

当天就坐上火车到北京

租赁了

石驸马街五十四号公寓一个单元

子清亲自搞卫生

刷白墙壁铺地板

购置家具和炊具

找到水源接通电

买进粮油和米面

还有纸笔和报刊

一切准备都齐全

建成秘密联络站

有了物件仅一半

人员筹划细盘算

左思右虑有了谱

将联络站的工作想周全

他安排

王思孝住下当厨师

一日三餐来做饭

正当职业无人怀疑

上下联络特别保险

他安排

磁县在京的贫困生

来公寓吃住都不要钱

只要为了革命的事

临走时候送盘缠

他安排

共青团员吝子瞻

到民国大学去读研

和杨景山的弟弟一个班

单线联系

其他人根本不会发现

他安排

共产党员吝笑秦

到郁文大学发动学生搞串联

把革命思想的火种

迅速点燃

联络站

单线联

秘密对接不见面

递送情报

上传下联

遇敌人

巧妙周旋避开明查暗盘

救同志

逢凶化吉次次安全脱险

王子清办的这个联络站

被后来的中央领导评价为

"中共历史上第一次，

党建工作的千里眼。"

第三章

丰碑高耸谱诗篇，旗展工农举锤镰。
驰骋漳河南北地，星星之火可燎原。

题记——火之燎原

第十二节　　深入工矿闹革命

离开北京回家乡

李大钊指示记在心上

如何深入工矿

把工人运动号角迅速吹响

当他听说

同在直隶十三中上学的张学孔

已经加入中国共产党

从北京往回赶的王子清

进家的念头想都没想

直接来到峰峰村

要把老同学拜访

到峰峰

四处望

连绵不断的群山

蜿蜒起伏的石岗

山坡上炭苗子郁郁葱葱

山脚下井架子排排行行

炭苗子下面埋藏着厚厚的乌金

井架上的天轮嗡嗡作响

直南磁州地

处处是宝藏

物阜民又丰

有工也有商

渣堆像山丘

旁边是煤矿

烟囱遍地立

处处陶瓷厂

大街车马稠

商贾业兴旺

这般繁华情景

超出了王子清的想象

自以为走南闯北见多识广

没想到家乡的山沟藏着凤凰

此处闹革命

经费有保障

此处扩展党组织

绝对是个好地方

顾不得仔细观看

顾不得驻足欣赏

心中有事的王子清

抓紧时间

步履匆忙

多方打听

终于来到张学孔的家门旁

但见

这座院落

背靠青山

水流前方

坐北朝南

绝佳宅相

抬头看

高高的门楼青石砌筑

凝重粗犷

两扇红漆桐油大门

熠熠发光

一对威武雄壮的石狮子

蹲在两边马台上

门楼上的汉白玉牌匾内

雕刻着三个金黄色大字——积善堂

这就是张学孔的家

威震峰峰

富甲一方

敲门进院向北走

穿过九道门厅堂

门门金顶石壁

堂堂画栋雕梁

走到顶头向左拐

进入一个抄手游廊

踏上五级台阶

对面就是西厢房

这西厢房

青色屋顶瓦

白色灰泥墙

两扇松木大门

纹理天然色泽清亮

镂空的圆形雕花拱窗

古典而不落时尚

攀附在墙上的藤蔓开着小碎花

笼罩整个屋子

夏不热

冬不凉

屋内电灯燃得通明

让人心神荡漾

门帘掀开

铃铛声响

屋内走出一个人

身穿长衫

留着分头

一幅学生模样

这人稍一愣神

便张开臂膀

迅速抱在一起

让一方的心脏

紧紧贴着另一方的心脏

"王子清！"

"张学孔！"

喊叫间

两位相互用手拍打着对方

然后

哈哈大笑

连续三次击掌

让进房间

王子清坐在椅子上

南头一间

是张学孔的卧室

放着一张梨花木大床

绫罗绸缎

整齐码放

屋当中

条几前面摆着一张八仙桌

两只椅子分列两旁

条几一侧垒着名人法帖

宝砚三方

另一侧斜立着磁州窑花囊

盛开的白菊散出满屋子香

给人感觉宽大豪华

一股潇洒风雅的书卷样

因为已经天黑

张学孔将王子清拉进厨房

让仆人炒了几个菜

二人吃得净光

吃完饭

一起来到书房

促膝长谈

直到第二天的晨曦泛出红光

整整一夜

他们

谈苏联十月革命

谈"一大"以来的中国共产党

谈李大钊和陈独秀

谈直南地区的磁县和安阳

谈直隶十三中毕业后各自的经历

谈峰峰观台数不胜数的煤矿瓷厂

谈资本家恶贯满盈

谈工人们悲惨时光

谈工人运动目标

谈直南革命现状

这一夜长谈

谈到了革命的艰巨性

谈出了个人的大理想

谈清了工作的发力点

谈明了运动的大方向

以后几天

张学孔带领王子清

先后深入

峰峰村的中和煤矿

西佐村的怡立煤矿

坐上小罐车

到三四百米深的煤井下面

了解真实状况

与工人一起挖煤

与工人一起装筐

与工人一起聊天

与工人一起骂娘

"小洋镐掘走矿工的青春，

拖炭筐拉走矿工的梦想，

头上的镀灯照不到矿工的希望，

长长的绞绳无法缝合矿工的悲伤，

钉锤一声声敲击矿工的心脏，

窄巷道卡住了矿工的肩膀，

拉煤场尘土飞扬，

资本家黄金万两

反动军阀为虎作伥

煤矿工人的路在何方？！"

巷道里的脸颊又黑又脏

手托着的煤油灯泛着暗光

掘煤的弟兄握着镐把

拉煤的伯伯诉说着惆怅

"远看煤矿像天堂，

近看煤矿像银行，

人人都说煤矿好，

其实煤矿是牢房；

傻帽才往煤矿跑，

不如回家放牛羊，

人称矿工'煤黑子'，

随时可能把命伤。

煤矿实行'包工制'

坑你害你没商量；

挖煤赚钱资本家花，

矿工领不了多少薪饷。

残酷资本家，

工资折成粮，

坏米坏面次充好，

一斤只给十四两；

贩毒扣息设赌场，

逼着工人去上当；

稍有不从鞭子打，

掠夺剥削丧天良。

根本没钱寄回家，

孩子老婆顾不上，

父母床前难尽孝，

青春撒在荒滩上。"

看着面对面的矿工

听着他们带血的倾诉

王子清想起了《磁州志》里的一首诗歌

真实地把磁州矿工的生活描述

"久闻西山名，

来访西山俗；

山人为予言，

未语已颦蹙；

石田不可耕，

生计在山麓；

凿井五十丈，

胼胝病手足；

下有生石炭，

可以代薪木；

辘轳转人下，

手镬任砍斸；

长夜燃松脂，

毒热熏人目；

高不容直身，

恰如坐矮屋；

有时到逼侧，

摇手皆禁触；

双肩抢地行，

何异蜷蜷啄；

自上垂长绠，

汲引时时续；

天明乃得休，

惊讶出鬼狱；

鬖黑非人形，

面垢人不沐；

日博三五文，

已谓逾涯福；

但知微利来，

不悟隐祸伏；

片石能为灾，

往往坠鬼录；

有时尽覆压，

不闻生者哭；

昔人曾有言，

炊桂兼食玉；

呎呎乃轻身，

井心试危毒；

谅彼肉食徒，

何暇念穷谷。"

读着这首诗

众人皆啼哭

三百年过去

矿工依然如故

万恶资本家

简直禽兽不如

矿工兄弟们

哪一条才是我们要走的路

深入峰峰这一趟

了解了矿工的生活真相

如何组织工人运动

王子清心里已经明朗

回到岳城自己的家

劳累困乏他躺在了床上

辗转反复难入眠

矿工的影子脑海里长

矿井里的罐车升又降

资本家却在背后把鞭子扬

可怜的矿工兄弟

可恶的资本家恶狼

咱工农大众

何时翻身得解放

想来想去睡不着

浑身难受发痒痒

黎明时漫无目的走出村

走进了村外的乱石岗

四处环顾

理一理自己无绪的思想

往北望了望北斗星

转身看了看西北的方向

突然间

脑海里的火花不再躲藏

一个好的想法恰似锦囊

以岳城为中心

先农村后工矿

农工结合开展运动

正好契合大钊先生的革命思想

第十三节　助少奇脱离险境

岳城西北是潘旺

相邻的村子叫梧桐庄

沟壑纵横地势险要

遥相呼应构成天然屏障

王子清

乔装打扮

到两个村子明察暗访

从村里

到村外

走遍了大街小巷

从田间

到地头

摸清了人员和地势情况

走着走着

思绪逐渐明朗

水路

山头

崖洞

庙堂

串联成一线

路宽地面敞

并联成回路

可进亦可挡

设立联络点

安全有保障

独特的地理位置

绝对是开展工农运动的最佳地方

夜幕下

晚钟响

十里八村的进步青年

齐聚潘旺

趟草地

过山岗

下软梯

崖洞藏

王子清站在土台前

把工农革命的道理说端详

根据各个村庄特点

分别列出活动大纲

根据青年农民实际

明确不同活动方向

根据地理位置差异

掌握各个煤矿情况

就这样兴高采烈大讨论

秘密开会到天亮

开出了

农民控诉血泪史

开出了

工人心劲儿大增长

开出了

革命星火要燎原

开出了

百姓跟定共产党

潘旺联络点是星火

星火燎原

催生春花烂漫千万朵

王子清

审时度势

准备将革命的火种

引到峰峰的煤矿

彭城的瓷业

这一日

王子清坐上小火车

再次赶赴峰峰去找老同学

下火车

往西走

来到"积善堂"

片刻不停歇

一把拉住张学孔的手

径直走进煤矿和瓷业

下煤井

进宿舍

手拉着手

与阶级兄弟掏心窝

同抬晒坯床

齐拉运瓷车

干活过程中

把革命道理仔细说

"为什么？

咱工人吃糠又咽菜，

资本家却吃香又喝辣。

为什么？

苦活累活咱全干，

却养活不了孩子和老婆。

为什么?

资本家养着金鱼遛着鸟

却把咱辛劳的工人来剥削。

为什么?

资本家住着洋楼骑着马,

咱工人的生活却水深火热。

为什么?

为什么?

不要讲那样多的为什么!

我们应该认真地进行思索!

靠人不如靠自己,

爱家爱党要爱国,

团结起来不再受那奴役苦,

坚决斗争,

咱工人兄弟挺起胸膛腰不驼!"

思想统一天地阔

工人们齐心协力斗鬼魔

王子清

因势利导建工会

煤矿瓷厂燃篝火

从峰峰到西佐

从彭城到六河

工人运动的熊熊烈焰

一浪高过一浪

唤醒了

工人阶级思想观念的大变革

说罢峰峰说六河

六河沟煤矿紧挨着漳河

地处华北之要冲

纵贯南北的平汉铁由此经过

交通便利

位置优越

如此条件

不可多得

更难得

六河沟的煤炭灰分小

黏结性强劲光亮色褐

适宜炼焦和发电

煤质优良储量特别多

火车舰船专用煤

这样的优质煤矿全国范围没几个

资源丰富都羡慕

国内外行业寡头纷纷来争夺

煤矿实行股份制

意大利、日本和英国

还有比利时和德国

来到这里搞联合

控股资本三百万

五千余名职工大规模

年产原煤几十万吨

采煤工具使用的是机械

采挖的煤块未升井

煤矿外就排起长长的拉煤车

供不应求效益好

资本家坐在屋内偷着乐

苦活累活都是矿工干

资本家坐收渔利成了大爷

效益虽好没有工人的份儿

辛劳的矿工饱受压迫和剥削

狠心的矿主编造各种理由

随意打骂矿工工资一拖再拖

透水瓦斯事故时有发生

资本家根本不顾矿工的死活

矿工们的怨气没有地方撒

心里边窝着一肚子火

针对这种情况

上级党组织认真分析因果

"矿工吃的是猪狗食,

干的是牛马活，

敢怒不敢言，

时常受剥削，

他们也想反抗，

可囿于信息闭塞，

他们也想斗争，

关键是没有组织来掌舵。

如果正确引导，

肯定迅速燃烧爆发。"

为了唤醒矿工觉醒

站起来反对资本家压迫

党中央委派刘少奇

化名胡服来六河沟煤矿指导工作

王子清和中共安阳县委书记杨介人

积极响应大力配合

组建煤矿工会

明确工作职责

传授革命道理

讲授文化功课

暗地里组织串联

掌握着革命脉搏

打跑煤矿设立的"交际员"

砍掉套在工人头上的枷锁

矿工们高兴地说
"工会就是一把火，
明媚的太阳永不落。"

对敌斗争需长久
时而平坦时而爬坡
对敌斗争很残酷
危急情况也很多
那一日傍晚
太阳落山光线较弱
天寒地冻冷风瑟瑟
刘少奇同志
正在坑下给工友开会
突然遭遇矿警队搜索

井口是必经之路
而且矿井出口只有一个
出去定是死路一条
想方设法把矿警的眼睛瞒过
紧急情况下
王子清
纪德贵
王付保
弟兄三个

趁着工人上下班

人员正在交接

急中生智

拉出往地上运煤的罐笼车

在工友帮助下

刘少奇藏在罐笼中，

脸朝罐笼一侧

手托罐笼上的竹网

上面放煤全部掩遮

王子清和工友们里应外合

送刘少奇等领导脱离险窝

矿警队围在井口

干等一夜

井下的工人都上来了

也没见刘少奇的影子辙

急得如热锅上的蚂蚁

不知所措

被矿警队的头头训得

好像小鸡把米啄

这真是

一群恶鬼遇上了魔

自认倒霉没啥说

而此时的革命领袖刘少奇
早已在三十里外的白龙庙
继续领导革命工作

第十四节　游行示威援"五卅"

一九二四年一月

国民党一大在广州召开

会议通过

《中国国民党第一次全国代表大会宣言》

对三民主义作出新解释

竖起国共合作的桅杆

确定"联俄、联共、扶助农工"三大政策

建立了轰轰烈烈的革命统一战线

李大钊、谭平山、毛泽东等十名共产党员

当选为国民党中央执行委员或候补执行委员

有了统一战线

共产党领导的工人运动逐渐恢复

农民运动如日中天

全国革命形势迅速高涨

形成了反帝反封建的崭新局面

特别是长期沉寂的北方

革命运动得到前所未有的发展

但国共合作并非一帆风顺

波澜壮阔中暗藏束缚和羁绊

国民党右派分子

提出《弹劾共产党案》

声称共产党员加入国民党

妨害国民党的生存与发展

诬蔑共产党员目的不纯

又抛出所谓的《护党宣言》

面对国民党右派进攻

共产党阵营不乱

陈独秀、李大钊等发表文章

对国民党右派进行宣战

痛斥破坏两党团结的反动言行

总结国共合作的教训和经验

一九二五年一月

在上海召开的中共四大发表宣言

通过《对于民族革命运动之议决案》

明确无产阶级在民主革命中的领导权

第一次提出工农联盟问题

阐述了新民主主义革命基本思想之要点

这次大会

联系实际

迅速果断

决策正确

意义深远

为大革命高潮的到来

作了政治上、思想上、组织上的铺垫

为大革命高潮的来临

搭建了一个跷跷板

一九二五年五月

发生了骇人听闻的"五卅"惨案

纱厂工人的正当要求

却让日英帝国主义疯狂发癫

日本人勾结英国人

在上海南京路的巡捕房前

对示威游行队伍无端开枪

打死十三名学生、工人，伤者不计其数

面对惨案

社会各界组织声援

迅速席卷全国二十五个省

七百多个县

在磁县

王子清根据李大钊的指示

召开党小组会议

制定声援方案

成立工农"反帝大同盟"

誓为惨案中遇难的阶级兄弟报仇申冤

以"人生改进社"成员为先导

发动工人农民多达三千

聚集在岳城"奶奶庙"前

组织声援"五卅惨案"大会

控诉英日帝国主义的罪恶滔天

陈述工人学生的英勇气概

给死难烈士沉痛悼念

特别给

英勇牺牲的磁县籍烈士李秉志

召开追悼会

献上花圈和挽联

参会者静默致哀

直到日落西山

这时的声援会

好像突然引爆了炸弹

工农群众

高举红缨长矛

口号如雷震天

王子清现场编写反帝歌

唱出了工农群众的真情实感

"月亮一出照柳梢,

英日两国狗强盗,

来我国真不少。

日本纱厂罢了工,

杀死工人顾正红,

死得真惨情。

跪道轨轰轰烈烈,

上海成了惨世界,

大马路上无人烟,

无呀无人烟。

切盼咱们中国人,

三件事情记心间,

一是不买仇国货,

二是收回港界权,

三是不做他们事,

无论他给多少钱,

等到兵强国又富,

放歌同唱太平年,

太呀太平年。"

第十五节　建立特别党支部

春雨惊春清谷天

到了芒种麦开镰

起早贪黑一个月

地里小麦全部割完

风调雨顺天气好

麦秆粗壮籽粒饱满

扬场放碌把麦碾

碾出的麦子金灿灿

家家都有好收成

缸缸满来囤囤尖

辛苦半年的老百姓

庆贺丰收把戏演

岳城村里唱大戏

请的是西小屋怀调戏班

怀调是地方稀有的板腔体剧种

在磁县传承已经超过三百年

上承隋唐《踏谣娘》艺术成就

下接明代弦索调艺术规范

形成于明朝万历年

演出剧目古装戏为主

也有结合现实随机改编

传统剧目《摘盔缨》《棘阳关》等

主要反映忠奸斗争，将帅保边

演员演出动作豪放

将帅出场场面震撼

有慢板、有散板

十几种唱腔过门很短

音调挺拔高昂朴实粗犷

具有舒展奔放的节奏感

有大弦，有二弦

墩子鼓、四大扇

唢呐、笛子烘托气氛

五尺长的铜杆马号吹响十里远

大红脸、二红脸

大黑脸、二黑脸；

生、旦、净、末、丑行当齐全

独具民间艺术魅力

"红黑脸"怀调农民群众喜闻乐见

一八八三年二月十五这一天

直隶总督李鸿章六十大寿

西小屋怀调戏班

被邀到保定府唱堂会

进行祝寿展演

二零二零年六月

入选河北省第一批非物质文化遗产

这天晚上吃罢饭

王子清来到戏台前

台上唱《五世请缨》《花木兰》

看戏人熙熙攘攘一大片

王子清坐在台下面

听着怀调摇着扇

看着不服年老的佘太君

望着女扮男装的花木兰

看着看着

一个大胆的想法涌心间

"杨门女将保家卫国征战疆场，

花木兰替父从军守土戍边。

想想巾帼英雄比比咱

咱共产党人可不能懈怠偷懒。

党的四大已召开，

提出了工农联盟新观点。

必须抓住有利时机，

迅速把党的四大精神来宣传。"

想到这儿

他转身走进戏台后面

找到戏班班主

面对面深入交谈

"外出演戏辛苦，

挣不了几块银圆；

没有天生穷人，

命运自己改变。

不能靠地，

不能靠天，

只能依靠党的领导，

革命斗争夺取政权。"

班主听了把头点

这个事情不困难

"怀调百姓爱看，

戏班演员爱演，

改编历史故事，

把革命道理深入宣传。"

接下来的二十多天

排出新戏十几段

赶庙会集市

借满月周年

到农村进县城

轰轰烈烈把戏演

让穷苦人明白一个大道理

闹革命才能吃下定心丸

怀调巡演

活灵活现

结合实际

俗语乡言

群众爱听

百姓爱看

纷纷要求

参加革命

一起造反

王子清

借势借力

加快在工农群众中发展党员

至一九二五年上半年

磁县已有

牛子温

王维田

史天和

李欣然等二十多名共产党员

磁县这么多党员
迫切需要党的组织来统揽
王子清和李欣然
一起找到牛子温
在西小屋小学多次秘密商谈
"落实'四大'新规定，
把党组织建设推向前。
建立特别党支部，
已经具备成熟的条件。"

达成共识行动欢
速向北京区委发出请示函
过了半月二十天
北京区委回复正式文件
批准成立特别支部
按照请示方案快动快办
让直南革命斗争
给北方地区起一个良好开端

磁县西南二十里
滔滔漳水拍两岸
历史悠久的西小屋

背靠丘陵前有平原

树多林密交通方便

来去隐蔽不易发现

村内建有一所学校

五个年级十几个班

周边村庄都知道

学生成绩好

教师管得严

学校师生思想前卫

老百姓信赖文翰

群众基础稳固扎实

革命工作桡船起帆

这年七月似烈焰

小暑大暑紧相连

玉米长了一人高

甩出红缨往上蹿

酸枣树上挂了果

小鸟的叫声特别甜

一群人

从四面八方走进村

开创了一个历史性的大事件

请记住

一九二五年七月的这个夜晚

西小屋学校值得纪念

校长牛子温办公室内

两盏煤油灯

把整个屋子照得胜过白天

一块土布染红的党旗

挂在西墙的房檐

王子清站在党旗前

后面跟着

牛子温

齐笑秦

李欣然

史天和

薛金吾

赵金滏

史太安

八名磁县籍共产党员

一起举起右手

重温入党誓言

这八名共产党员发出的声音

雄浑

厚重

威严

低沉

纯朴

果敢

这声音

是劳苦大众的雪中送炭

是基层组织的创新实践

是对党的事业无限信仰

是对革命斗争忠心赤胆

宣誓完毕

王子清坐回桌子前

其他党员位列两边

铿锵有力郑重宣布

"根据北京区委指令，

中国共产党直南特别支部，

成立就在今天！"

话音刚落

热烈的掌声

犹如潮水般涌现

激动的心情

好像抹了蜜一样甜

大家一致推选

王子清任特别支部书记

牛子温任组织委员

掌声再次响起

鼓得八双手经久不息

鼓得西小屋学校迎来晨旦

鼓出了磁县的第一面红旗

鼓出了直南地区的星火燎原

西小屋

一间黄土坯砌成的小屋

一间水渍斑驳的潮湿小屋

八名共产党员的壮举

铸就了历史的美谈

这个夜晚

一炷烛火

"嗞嗞"地吟唱

迸发出耀眼的火焰

射出门窗

朝着四方扩散

穿透黑夜燃烧

党的事业在直南大地上灿烂

中共直南第一个支部诞生

翻开了地方党组织建设新的诗篇

特别党支部确定两个任务

让党的活动更加广泛

一是壮大组织规模

发展青年党员

二是团结工农群众

进一步搞好发动宣传

两项任务明确规范

全县范围分成东西两片

在西片

以岳城为圆点

周围几十个村子画成同心圆

党支部成员走村入户

广泛动员

说贫富不均

拉家长里短

讲革命道理

叙红船上的桅杆

农民群众

相信了革命斗争

相信了共产党员

看到了生活的希望

坚定了革命斗争信念

在东片

把光禄和磁县连成一条线

发动城区工人

和资本家进行谈判

组织"木瓦油漆工会"

批斗地主老板

提出减租增资

改善工人的生产生活条件

东西两片互动互联

增资要求全部实现

减租增资的胜利

打击了资本家的嚣张气焰

鼓舞了群众士气

尝到了革命斗争甘甜

劳苦大众

青年壮年

纷纷要求进步

主动围在党的身边

特别支部成立半年

全县已发展三十多名党员

共产党的光辉

已深深印入工农大众的心田

这正是

曦照初冬小屋红

仰目先贤三鞠躬

赤心播种千秋灿

拯民救国世代功

星火燎原烧鬼魅

英魂留史照汗青

今见神州花遍野

喜看古国正复兴

第十六节　黄埔军校鉴日月

小时候的王子清

爱好杂耍练拳

文化课之余

跟随岳城村拳师尹积善

学会了十套岳家拳

一字拳

二梅花

三门桩

四门架

五法

六合

七星

八法

九连环

十字桩

岳家拳的这十套拳法

由易到难

循序渐进

古朴自然

节奏鲜明

易学简练

王子清

将学到的拳法广为传授

在"人生改进社"

专门成立了武术团

目的就是

强健百姓体魄

免受地主豪绅摧残

建立党的军队

武装夺取政权

王子清的想法

和早先的革命人士接踵比肩

伟大的民族英雄

伟大的爱国主义典范

中国民主革命的伟大先驱

"中华民国"和中国国民党的缔造维翰

三民主义的倡导者

孙中山

首举反帝反封建旗帜

起共和而彻底终结

封建帝制几千年

联俄联共扶助农工

新三民主义

开启反帝反封建的新纪元

国共第一次合作

是中国革命的初始呼唤

黄埔军校应运而生

培养了许许多多陆军军官

闻名遐迩的黄埔军校

成为中国现代史上军队干部的摇篮

中共直南特别支部成立后

王子清赴北京

就支部工作情况

与李大钊先生见面

谈话中

大钊先生

谈起黄埔军校

谈起国民"大总统"孙中山

谈到中国革命必须有自己的武装

谈到共产党必须有自己的军队和军官

王子清心领神会

向李大钊表明了心愿

想去黄埔军校学习

还需上级党组织牵线

为了党的事业

大钊先生披肝沥胆

立即协调黄埔军校

争取报考名单

给北方区委汇报

促使子清尽快入班

一九二五年八月

安排

王子清

史天和

薛金武

一同乘火车到河南

参加在开封府举行的考试遴选

经过初试、复试、总试三关

王子清等三人

十分幸运

被黄埔军校录取为第四期学员

开学在即

哪能迟缓

王子清等三人

别父母

离家园

坐上火车前往广州

下车来到黄埔军校的大门前

立门前

抬头看

校门的两侧

悬挂着一幅霸气的对联

上联是

升官发财请往他处

下联写

贪生畏死勿入斯门

横批

革命者来

这副对联

通俗易懂

宏才志远

革命者来四个字

与王子清的想法心照不宣

进入黄埔军校

王子清用心抚摸校园

来自全国各地的优秀学生

将学校沸腾出又一个崭新的春天

同学们欢呼雀跃

让思想在这里沉淀

因为

这里是一个更大的舞台

这里有更广阔的空间

这里是培养革命军队干部的学校

这里是革命事业走向胜利的摇篮

进入学校

王子清不再狂欢

聚精会神刻苦学习

废寝忘食孜孜不倦

严格要求勤勤勉勉

坚持不懈研读训练

焚膏继晷学习本领

励志笃行增长才干

总想着

提前提前再提前

提前把军事学业都学完

尽快冲到革命斗争的最前沿

然而

黄埔军校校长蒋介石

扭曲的办学理念

与共产主义思想相距太远

国共合作的黄埔军校

两党学生有着不同的政治观点

共产党学生

成立"青年军人联合会"

引起国民党右派强烈不满

国民党学生

成立"孙文主义学会"

和"青年军人联合会"对着干

在蒋介石的默许下

国民党右派

举办校外军民大联欢

以此怒怼共产党员

"青年军人联合会"上台演讲

说出百姓想说的肺腑之言

指出中国革命必须依靠群众

赢得台下掌声一片

国民党右派

眼看被共产党员学生抢了风头

恼羞成怒

跑到台上

对演讲的学生砸出恶拳

顷刻之间

两派学员大打出手

相互混战

棍棒交加

让人心惊胆战

国民心仪的学校

却有如此混乱的场面

蒋介石不但放任不管

还推出反共排俄的腹案

任由国民党右派横行

排挤黄埔军校的共产党员

耿直的王子清

对此十分看不惯

失望地摇着头

思念着北方的直南

半年后的一天

王子清收到牛子温寄来的信件

来信汇报了磁县的情况

讲述了革命斗争的热火朝天

特别提到

王子清的战友杨介人

组织六河沟煤矿红色工会

工人运动日上三竿

读罢信件

心有不甘

热血沸腾

彻夜难眠

面对失望的校园

思索再三

这样混在黄埔军校

白白浪费时间

不如斩钉截铁

果断回到直南

继续工农运动

把革命之火点燃

想法已定

毫不怠慢

王子清

找到学校共产党组织

汇报入校后所思所想所见

提出离开黄埔

重回直南革命斗争第一线

学校党组织慎重考虑

认为直南地区烽火已燃

与其让王子清待在黄埔

不如让他挥斥直南更有远见

同意王子清请求

让他寻找机会回到磁县

在党组织的帮助下

王子清

以进城就医为名

毅然走出校门

和黄埔军校挥手再见

第十七节　　设立磁县执委会

告别黄埔

回到磁县

王子清只与家人团聚了一晚

就迫不及待地叫上牛子温

来到白龙庙

与杨介人见面

询问六河沟煤矿"赤色工会"情况

谋划工会下一步的打算

而此时

河南的奉军介入煤矿

工会的形势急剧转变

王子清

要求大家做好准备

渡过眼前面临的难关

护送杨介人等工会领导

逃避追捕顺利脱险

隐蔽组织

将工会的领导机构保全

转眼到了清明节前

寒食的气温已经变暖

王子清

到北京汇报黄埔军校片段

梳理直南革命下一步打算

北方区委要求巩固现有成果

成立执委会破解低沉局面

从北京回来的王子清

还在思考北方区委交给的重担

从光禄站下火车往家走

双脚踏进丘陵山野间

路边的杨柳吐出新绿

弯弯的小溪流水潺潺

野兔出没麻雀唱歌

蝴蝶飞舞春风拂面

万物复苏百花盛开

白云朵朵天空蓝蓝

此情此景

让王子清的心绪格外舒坦

他思考

九层之台起于垒土

直南革命决不能一曝十寒

他清楚

磁县共产党员已有三十多名

他知道

直南党的工作一定会如日中天

想到这儿

脸庞好似花儿艳

心情爽朗劲儿倍添

加快脚步

匆匆忙忙往家赶

回岳城

不停闲

联系到先前入党的李巨川

仔细聊

不寒暄

把党组织建设摆到日程上面

学党章

找规范

把更高层次的组织尽快建

一九二六年四月十二日这一天

西小屋学校

再次聚集了共产党的先锋模范

王子清

牛子温

李巨川

吕良弼

焦庆福等八人

代表全县三十多名共产党员

在南屋教室里召开会议

让直南火种又一次璀璨

成立中共磁县执委会

和共青团磁县执委会

让党的组织建设快马加鞭

会议推选

王子清为执委书记

李巨川、吕良弼

分任组织和宣传委员

牛子温任共青团执委书记

让共产党带领共青团

乘风破浪

再扬风帆

让引领革命道路的共产主义航船

快速驶向胜利的彼岸

过了夏秋到了冬天

磁县执委直属领导发生改变

考虑地域毗邻关系

中共北方区委将磁县执委交给河南

并在磁县武吉小学召开会议

由中共豫陕区彰德地区执委会全面接管

迎接北伐军到来

促进农民运动开展

第十八节　独创"三三制"政权

直南地区第一个共产党县委

划归河南

准备带领周边县区大干一番

却突然遭遇了极其严峻的考验

党内出现裂痕

奉军占领磁县

军阀

烧杀抢掠

蹂躏淫奸

党内

丧失斗志

软弱涣散

土豪

强取硬夺

催粮逼款

农民

躲租逃债

妻离子散

面对弊病丛生的残酷形势

磁县执委转换观念

确定主要任务

跨过碍脚的门槛

根据党员分布情况

再次分成岳城和光禄、县城两片

壮大党的组织

发展共产党员

组织农民协会

反对杂税苛捐

并将工作谋划上报河南区委

几日内就收到了

批准直南工作谋划的回函

磁县执委会

听从上级党组织召唤

改建"农民协会"

抓住斗争重点

执委成员包村包片

深入农村广泛调研

油印《磁县农民》报纸

发动农民投递宣传

抗租

抗税

反土豪

反劣绅

反军阀

反混战

迎北伐

保平安

在县城鼓楼前

设立"公益书局"

建立党的秘密联络点

方便上下级联系

传递党的文件

依靠贫苦老百姓

让改建的"农民协会"有了人缘

农民群众纷纷加入

协会名下两万多会员

队伍壮大人员多

开拓创新大胆实践

多次召开秘密会议

想方设法克服重重困难

认真研究

制订方案

强力取消

落地款

牲口捐

门牌税

三项不合理税款

让农村政权掌握在

贫农阶层

中农阶层

地主（十大户）阶层

三个方面

共商村中事务

分三等

派款合理负担

根据地的多少

分层次缴纳粮款

兼顾贫农、中农、地主各方利益

创出了

符合农村实际的"三三制"政权

"三三制"政权

结合实际

兼顾各个方面

民主科学加集中

实施起来有板有眼

是中国共产党

在土地革命战争时期

建立基层政权的一次成功实践

是团结各种力量的一种模式

是极具操作性的一条宝贵经验

第十九节　　提灯大会显神威

一九二六年

丙寅虎年的冬天并不严寒

腊月二十二日就已"立春"

阳面山坡上的迎春花含苞待绽

执委会领导下的老百姓

盼望欢度"立春"后的新年

王子清站在山涧

看那汩汩流出的清泉

为民众办点实事

巩固"三三制"政权

决定成立"算账委员会"

向保安约长搞资产清算

细数资产来历

反对贪污和贪占

"算账"揪出狗贪官

清出岳城约长贪污大洋两千元

算出香水村、庆和峪村的村长

贪污大洋五千元

军费几百元

还有

小屯洼和柿园

屯头、里青和旺南

潘旺、漳村、梧桐庄

钟离、神岗、马水涧

清算运动轰轰烈烈

迅速扩展到岳城村的周边

王子清

把集中收缴的款物

装在车上巡回展览

让农民群众充分认识

地主统治阶级的罪行和黑暗

将清算出来的赃款

全部分给所在村庄的农民

让乡亲们

痛痛快快过了个好年

清账目

斗贪官

地主的嘴里还能吐出钱

这样的好事

真是辟地开天

老百姓奔走相告

感谢岳城村的"东山"

春节前分粮分物

内心里那是个真喜欢

共产党

执委会

在农民群众的心中

威望与天比肩

搞了清算

来到了丁卯兔年

家家户户，村村寨寨

喜气洋洋阖家团圆

家家门框贴上春联

户户院内放炮点鞭

红红春联喜庆吉祥

声声爆竹哧溜出火焰

围在一起包着饺子

欢声笑语充满了香甜

万家灯火歌舞升平

欢乐的节日鸾凤翔鸾

春节过年

地里没活农民清闲

在岳城四周

元宵佳节闹花灯

是传统的风俗习惯

挑灯迎节始于东汉

灯会时间每年五天

家家户户

挂花灯，挑灯盏

猜灯谜，摆香案

闹元宵，设"桌"宴

女人乐，男人玩

灯红不夜，通宵无眠。

元宵花灯开出瓣

灯谜猜得男女酣

执委会抓住有利时机

巧使计谋斗封建

发动民众庆元宵

十里长街办灯展

灯笼上写着革命的话

集会游行搞宣传

王子清

头前站

手提灯笼发宣言

"现中国,

多苦难。

军阀割据,

战火不断,

土豪劣绅,

坑蒙拐骗,

外国列强,

虎视眈眈。

工农大众,

如临深渊。

唯有英明的共产党,

和普天下的劳苦大众同甘苦共患难,

披荆斩棘,

决除内乱外患。

一心为民。

只为变换人间。

叔叔大爷,

兄弟姐妹们,

大声问一句,

我们该怎么办? ! "

王子清发出肺腑言

农民群众齐声呐喊

"反军阀，

反封建，

坚决跟着共产党走，

坚决跟着共产党干！"

放鞭炮

口号喊

敲锣鼓

挑灯盏

岳城村的大街小巷

灯红人满

长长的游行队伍

蔚为壮观

闪烁的灯笼

似一条奔腾的火龙

曲折蜿蜒

革命的灯笼

像一束初燃的火把

必将照亮人间

岳城提灯大会

揭开了

共产党领导下农民运动的序篇

第二十节　　争取引领会道门

阳春三月花盛开

党的指示传下来

执委书记王子清

会同地方组织行动快

根据统一战线大方针

把工作重点放在

河南安阳

河北磁县一带

这一带

晋冀豫交界三不管

多个会道门组织圈地镇宅

天门会

原是元末明初白莲教一个支派

到民国

河南林县东油村韩根子劈石为开

声称得到"灵宝大法师印"

在其家设坛祭拜

设立天门会总团师

宣扬替天行道，百姓情怀

防匪保家，固若胄铠

几年间

天门会遍布安阳、邯郸的二十六个县

贫苦大众对其十分信赖

还有一个红枪会

穿红衣服、包红头巾

戴着红肚兜扎着上红腰带

信奉道教和佛教

是义和团运动余绪留下的一个系派

和天门会不同

红枪会吸纳的都是富裕阶层

旨在对社会进行主宰

两个会道门

都带有浓厚的封建迷信色彩

各自为政

相互忌猜

良莠不分

侮辱埋汰

甚至自相残杀

游离在共产党的领导之外

此时的冀豫边界地区

奉军驻扎在漳河两岸

欺压百姓为非作歹

与地主豪绅勾结

打压天门、红枪两派

天红两个会道门

恨死奉军却也无奈

自以为高枕无忧乐祸幸灾

唯有无辜老百姓

常年处在深渊火海

王子清

分析时局

计上脑海

决定利用矛盾

派人打入天门会

利用会道门的力量对奉军实行制裁

将会道门为共产党所用

将天门会引导到

反军阀、反扰民的轨道上来

共产党员王维义，李振山

是冀豫两省武术界的奇才

王维义双手耍大刀

单手劈开柴

人称"大片虎子"

名誉百里之外

李振山人高马大

少林拳练得虎虎生风

参加过省级比赛

身有硬气功

能把十几米远的酒瓶子吹歪

他们加入岳城天门会

让所有会员激情澎湃

共产党员王振川、路天颜

二人人缘非常好

有广泛的人脉

加入潘旺村天门会

与林县的会道门进行联赛

李相虞在彭城组织天门会

把王看、界城等地的会道门活跃起来

郑刚、郭祥明进驻林县

和林县天门会总坛韩根子结拜

干弟兄之间好说话

赢得了天门会的信赖

共产党员进驻天门会

把革命的理想深埋

只等暴风骤雨

化作异想天开

王子清看时机成熟

决定不再等待

利用天门会

讨伐奉军的血债

利用武术比赛

直抵会道门总部的老宅

这是一个冰冷的早晨

辽阔的原野

白雪皑皑

岳城后街的千年大槐树四周

已经弥漫出早炊的烟霾

突然间

数百名天门会会员

手持大刀长矛

身上穿甲戴铠

团团围住奉军岳城巡警局

高呼口号

驱除奉军还我安宁

让奉军滚出磁县之外

巡警局局长耿全德

躺在被窝里搂着二姨太

听到振聋发聩的呼喊声

一下子惊得目瞪口呆

匆忙穿上衣服

带领几个狗腿子

跑到巡警局门外

看到里三层外三层的天门会会员

心里发蒙

气急败坏

从腰间拔出手枪

朝上一甩

砰砰两枪

子弹打到天外

王子清一声令下

愤怒的天门会会员

轰地将耿全德围了起来

耿全德

恼羞成怒

本性不改

令几个随从朝着群众把枪开

无奈

距离太近

巡警的枪反被群众夺了过来

四名巡警被当场打死

顷刻进了阴宅

混战中

有人将火把扔进警局

瞬间

岳城警局的房屋成了火海

傻了眼的耿全德

如木鸡般发呆

跪地磕头大声求饶

表示答应条件立即离开

顾不得他的二奶三奶

独自一人逃得快

岳城天门会的行动

与林县的天门会总坛呼应连拍

岳城的会员向南进发

林县的会员向北逼近台子寨

一举消灭了南岗等地的骑兵团

奉军只能在磁县县城内徘徊

奉军圈在县城不能出来

改变策略对天门会使坏

使用苦肉计

颠倒黑白

编造假故事

栽赃陷害

派员到林县天门会

劝降韩根子韩欲明主帅

送去金银财宝

带去出土的文物凤钗

说岳城天门会要夺权

可别数着钱儿让人卖

韩欲明经不起诱惑

叛变倒向了

国民党奉军的口袋

不多久

韩欲明被国民党旅长所杀

解除了奉军的心腹大害

为民请命的林县天门会

至此

被滚滚向前的历史淘汰

直转而下的形势

让王子清真正认识了

天门会固有的封建迷信色彩

经过请示北方区委

从封闭的岳城走了出来

仔细研究

把握人脉

果断出击

时不我待

在天门会、红枪会中发展党员

搭建强有力的群众工作平台

到观台怡立公司的红枪会总部

与首领朱玉福陈述利害

"天下农民群众是一家，

不能互相残杀，

只能联合起来，

抗击军阀，

别再徘徊。"

诚挚的态度赢尊重

动情的话儿暖胸怀

朱玉福单膝跪地双手拜

"今生跟定共产党，

坚决打倒军阀反动派！"

百姓的仇恨深似海

统一战线真心拥戴

目标明确聚人心

遥相呼应行动快

安阳

林州

磁县

临漳

冀豫两侧的各种组织

联合起来

统一安排

炸漳河桥

把地雷埋

锯电线杆

将铁轨弄歪

一系列的武装行动

将驻扎磁县的奉军

驱赶出冀豫之外

土豪劣绅

地主无赖

也偃旗息鼓

无精打采

驱赶奉军旗开得胜

阻止南下已具雏形

此时的磁县执委又受北方区委领导

王子清的工作获得好评

顺直省委专题研究

百尺竿头需更上一层

扩大范围再加薪柴

让革命斗争的烈焰把直南燃红

派出了中共顺直省巡视员朱森林

还有

峰峰的共产党员张兆丰

二人奉令来到磁县

在岳城找到挚友王子清

传达省委新指示

以点带面

用统一战线助力革命成功

三人研究到天明

突破点选在肥乡县城

肥乡位居磁县东

县内各种争斗从未停

红枪会

一心会

黄沙道

多个会道门交叉纵横

参会的会员

都是贫苦大众

因为没有党的领导

相互残杀

被反动军阀利用

掠抢豪夺

祸害百姓

方圆几十里

群众称他们是"不受打听"

朱森林

王子清

后面跟着张兆丰

三人星夜赶到肥乡

联手开展"争取"行动

打蛇打七寸

聚首擒头龙

找到领头人物李吉瑞

详解党的政策

坚持气和心平

"天下农民是一家，

不要互相残杀。

联合起来反军阀，

有吃有穿要当家。"

真实话

真感情

感动得李吉瑞痛哭涕零

决心跟着共产党

做利国利民的大事情

按照朱王张的意图

李吉瑞在六个会道门中

分头穿行

成立联合总会

吸纳六路精英

担任民团团长

队伍兵骁将勇

指挥大队人马

一天就攻破了肥乡县城

横行霸道的县长

逃跑了

作恶多端的礼书劣绅

被扎死了

李吉瑞贴出布告

只收

地丁

烟酒

牲畜三税

免除其余所有税种

兴奋的农民

走出家门

像过年一样

燃放烟花爆竹

又贺又庆

肥乡夺城旗开得胜

三人转战来到成安县城

精心组织天门、黄沙、红枪三会

发动会员进行暴动

抓住奉军保卫大队长林长胜

拉到大街斩首示众

夺取成安临漳行

会员人数两千多名

一路向南浩浩荡荡

步伐整齐气势恢宏

守城的奉军吓破了胆

挑出白旗没了往日的威风

驱逐奉军成果丰

极大地鼓舞了农民群众

短短数日

直南地区纷纷举行武装暴动

永年曲周和广平

威县清河加广宗

南和任县连内丘

沙河平乡配南宫

安阳汤阴和内黄

长垣魏县加大名

武安磁县连临漳

林县南乐和清丰

一伙伙奉军弃城而逃

一个个县城被农民武装占领

这就是黎明前的暗中探索

这就是革命斗争的为我所用

这就是共产党领导下的统一战线

这就是轰轰烈烈的农民运动

第二十一节　　智赴地主鸿门宴

革命斗争烽火涌

直南大地一片红

劳苦大众真心称赞

魑魅魍魉却恨死了

县委书记王子清

先是雇佣流氓恶棍当打手

想用硬法拉硬弓

没想到

从小练武

机智聪明

身强体壮

胆识过人的王子清

以硬碰硬

把窜出来的流氓恶棍

打得鼻青脸肿

土豪劣绅

地主反动

无可奈何

只得暂时蛰伏到草丛中

硬法无效不管用

心生一计再作俑

岳城村的李地主

平日里欺男霸女窝里横

农协清算了他贪污的现大洋

气得他嘴歪眼斜鼻子肿

这笔账他一直想着要清算

一股脑儿抛给了王子清

李地主天天记着这件事

恨王子清恨得发了疯

视为肉中刺

看作眼中钉

这一日

李地主叫上马地主

暗室里密谋到五更

终于想出了鸿门宴

使用毒计要行凶

狗地主

虎狼虫

人模狗样假惺惺

编个由头

社会安宁

大摆酒席搞宴请

差仆人

将请柬送给王子清

接请柬

众人惊

同志们围着子清说不停

真心劝

细叮咛

这酒席不光素菜还有腥

"狗地主不是什么好东西，

'鸿门宴'是个毒药瓶。

子清你呀不要去，

免得上当丢性命！"

王子清

很冷静

细思量

度轻重

天生一条好汉

入党为了革命

明知山有虎

偏向虎山行

"既然送给机会，

绝不退缩认怂，

直面各种危险，

借机对敌斗争。"

想到这里

王子清浑身轻松

和同志们一起深研各个细节

巧妙安排随从和接应

计划周全

到了天明

洗脸梳头正衣冠

如期赴宴果敢前行

刚刚走到地主的大院前

李地主在门口躬身相迎

"子清啊子清，

你真的好难请。

岳城村社会和谐

全是你王子清的功。

为兄设宴恭敬你，

可别让我扫了兴。"

马地主站在一旁帮狗吃屎

咧着个大嘴胡哼哼

"是啊，是啊，

你别整砖不要抱半截，

败了大家的好雅兴。"

两个地主演双簧

头前领路假惺惺

皮笑肉不笑

凶计藏心中

嘴上说着恭维的话

贼眼珠子却转个不停

王子清

临危不惧十分淡定

信然跨过

李地主院内的九道门厅

走进堂屋正房内

看也不看

桌子周围的六七名帮凶

毫不客气地

坐在了宴席正中

但看

客厅内的八仙桌上

摆放着

煎炸带鱼

螃蟹清蒸

油焖河虾

宫保鸡丁

鱼香兔尾

烧烤翅中

如若不往深里想

准备的菜肴倒是很丰盛

还有

八瓶老白干

八个小酒盅

酒香伴着恶煞气

弥漫着整个屋子透不出一道缝

李地主和马地主

撩起长袍往前蹭

摘掉头上的瓜皮帽

招呼剩余人员都坐定

提起茶壶

把茶水倒进王子清的杯中

啰里啰唆说着话

满嘴喷着唾沫星

"王子清啊王子清，

你岳城内外有名声，

领着一帮土包子，

东窜西窜穷折腾。

可是你呀你还很年轻，

多想想你的妻儿和家庭，

想想岳城的老少爷们怎么过，

想想你的未来和处境。

趁早收手来得及，

免得以后挨被动，

跟着老爷挣个钱，

不要再去闹啊闹什么革命！"

"我领着穷人闹革命，

看得远来辨得明，

为的是人人有饭吃，

为的是家家有地种，

不让地主剥削人，

不让群众再受穷。

李地主你要听我劝，

回头是岸有光明，

不再奴役种地人，

让今后的社会有公平。

我今天冒着风险来赴宴，

就是要斗倒地主救百姓！"

酒过三巡菜未动

话不投机场面崩

李马两个狗地主

阴险的脸上没了笑容

仗着酒气

大声吼叫牛气哄哄

"王子清啊王子清，

识点抬举听分明，

今天好意把你请，

你不顾情面，

反而把话说得这么难听。

处处和我对着干，

公然叫嚣闹革命，

清算我家的现大洋，

田地你分给了老百姓。

这个仇恨我不报，

从此不把李字姓；

这个仇恨我咽不下，

摔杯为号，

要你死在乱棍中！"

狗地主的话音刚落地

十几个混混围住了王子清

手里举着榆木棍

个个文身面目狰狞

大呼小叫好似恶魔

顿时屋内血雨腥风

王子清

哈哈大笑

神态轻松

端起酒杯一饮而尽

放下酒杯掷地有声

"狗地主，

莫高兴，

一切尽在意料中。

既然我敢来，

怎怕摔杯声，

你往屋外看一看，

遍地群众遍地兵。

人人手里拿着火把，

个个心里义愤填膺，

你若今天把杯摔，

霎时间你家火光红。

狗地主，

你听清，

全国山河皆沸腾，

共产党才是指路的灯。

识相找到回头路，

改过自新弃暗投明，

不要再做亏心事，

赢得群众的理解和宽容。

如若不听劝阻一意孤行，

与人民为敌，

当军阀的帮凶，

共产党，

一定会砸掉你的狗头，

清算你们的滔天罪行！"

王子清说罢一席话

满屋的人都不敢吭

小混混

被冲进屋内的农协会员绑住手

李、马两个狗地主

吓得浑身哆嗦尿裤中

王子清

真英雄

大义凛然

神情笃定

共产党员的本色尽显其中

狗地主

是狗熊

弄巧成拙

气得大病

赔了夫人又折兵

第二十二节　　痛失四岁小娇儿

鸿门宴会计不成

狗地主气得牙根疼

一计不成又一计

恶毒计划再出笼

丧心病狂

灭绝人性

重金买通

常在岳城看病的野郎中

那一天

王子清外出没在家

他的四岁独子生了病

咳嗽鼻闷嗓子痒

一阵热来一阵冷

姜糖水喝了好几碗

症状一点没见轻

儿子有病母心疼

赵清莲抱着孩子看医生

来到"贵兴号"旁边的药铺里

见到了杨老翠这个野郎中

赵清莲虔诚说病症

杨老翠假装认真听

望闻问切虚晃一枪

托起秤盘就把草药称

趁着清莲不注意

砒霜加到草药中

清莲回家熬好药

孩子喝后只喊肚子疼

满地打滚

神志不清

口吐白沫

放大了瞳孔

可怜子清四岁儿

中毒身亡丢了命

而杨老翠

自知罪孽深重

抓完药后

就骑上狗地主的黑头马

跑得无影无踪

当天傍晚

从外回到家的王子清

看到蹲在墙根痛哭的父亲

还有满院子的百姓

才知道儿子被害的事情

看着娇儿冰冷的尸体

悲愤欲绝的王子清

抡起拳头

将土坯院墙砸了个坑

无情血债在眼前

街坊邻居怒从胆边生

齐喊着报仇雪恨

抓住狗地主和野郎中

将他们水煮油烹

为小儿子殉葬赔情

顶天立地的王子清

甩干眼泪强忍悲痛

转过身来

叫住手拿粪叉往外走的群众

"老乡们,

要冷静,

我和你们一样，

心情十分悲痛。

这个仇不报，

我对不起列祖列宗，

这个血债不还，

我白活一生。

可是，

杨老翠已经逃之夭夭，

没有留下任何把柄，

是哪个地主指使的，

我们也缺乏凭证。

目前时机还未到，

偿还血债不能冲动。

干革命，

为的是全中国劳苦大众，

家庭仇，

我肯定牢记心中，

待到推翻反动统治，

把个人的仇，阶级的恨，

一股脑全部彻底算清！"

这就是王子清

冰心玉蕊

铁骨铮铮

为了大家舍小家

献出了幼儿的性命

这就是王子清

忠心不改

意志坚定

为了党的事业

哪管血雨腥风

王子清啊王子清

您是滔滔漳河的骄傲

您是巍巍太行的精灵

您是共产党的好儿子

您是中华民族的大英雄

第二十三节　　天津千里走单骑

国共合作

促进了民主革命的发展

动员了工农群众

开创了民主革命的局面

可后半段

国民党右派叛变

国共合作到了破裂的边缘

特别是

蒋介石

汪精卫

极度恐慌

心惊胆战

暗中勾结

帝国主义

大军阀

大买办

大地主

大汉奸

破坏国共合作统一战线

阻止北伐胜利进军

反对国民政府迁都武汉

恶意制造

中山舰事件和整理党务案

发动了骇人听闻的

"四一二""七一五"

反革命政变

逮捕进步人士

屠杀共产党员

制造白色血腥恐怖

革命力量遭受极大摧残

危难面前

共产党审时度势

力挽中国革命之狂澜

派出得力共产党员

进驻国民党党部

维护国共合作战线

王子清

被中共北方局安排到

国民党直隶省天津总部机关

担任国民党执委会书记

成为一名跨党党员

统筹协调统一事宜

在国共合作领域施展才干

进驻天津

夙兴夜寐

通宵达旦

焚膏继晷

合纵横连

团结一切可以团结的力量

大力发展共产党员

努力学习苏俄经验

积极拓展共产党的空间

主动影响国民政府

有力扩大了

共产党在国共合作期间的发言权

然而

没有革命武装的共产党

在国共合作中掌握不了主动权

国民党右派

打击迫害共产党员

李大钊先生牺牲后

中共北方区委

停滞不前

几近瘫痪

中共中央

只好再次把顺直省委筹建

此时的天津

白色恐怖笼罩

共产党受到摧残

为了安全起见

新成立的中共顺直省委

让王子清

退出国民党党部

再次回到直隶省磁县

在磁县

共产党的组织也未能幸免

少数党员

意志不坚

投敌叛变

退出共产党

成了国民党党员

中共磁县县委遭遇分裂

党的队伍

面临极其严峻的考验

各种活动转入地下
与上级联系断了牵线
如何工作
怎样开展
形势不知
真情难辨
党员安危得不到保障
党的工作愈加艰难

面对如此局面
县委书记王子清
心急如焚
彻夜难眠
"怎么办？
怎么办？
我该怎么办？"

寻找上级党组织
续上已断的联系路线
得指示
求真传
澄清党员思想上的混乱
和联系上的党员一起
共克时艰

重整旗鼓

再谋发展

想清楚

快动弹

同县委商量后

迅速起身

赶赴天津

寻找省委续断线

经费有限

办事必须节俭

能省就省

乘坐火车心思免

王子清

骑上一辆自行车

装了一兜红面团

昼行夜宿

渴饮饥餐

长途跋涉

不敢停缓

从岳城到天津

千里迢迢

路途遥远

骑自行车也走了八九天

到天津

通过地下联络员

找到顺直省委机关

受到了组织部部长

彭真同志亲切接见

汇报直南党的情况

陈述面临的暂时困难

彭真同志

传达党的方针

宣读省委的意见

鉴于

王子清同志优异表现

一致决定

让他以顺直省党代表身份

参加在莫斯科召开的中共"六大"

成为党的"六大"一员

突如其来的好消息

激动得王子清

心潮澎湃

笑逐颜开

辞别省委

走出大院

离开天津

立刻返还

无奈所带的红面团

已经吃完

经费原因

来时身上没装一分钱

不能叫苦

不能说难

更不能言出声

给省委领导添麻烦

毅然

骑上自行车

返回磁县

七天六夜

日夜相连

庙里住宿

河里洗脸

没啃一个窝头

没吃一口饱饭

饥饿难耐

勒把草根顶一餐

疲惫不堪

麦秸垛里睡一晚

硬是靠着坚韧的毅力

骑车回到磁县

一下自行车

便昏倒在鼓楼"公益书局"的门前

此时的王子清

嘴唇干裂流着血

长长的头发黑眼圈

饿得前心贴后背

露趾的布鞋褴褛的衫

"公益书局"的蔺子瞻

赶紧到后面厨房

择菜和面

放置案板

支起铁锅

做好磁州拽面

王子清一口气吃了三大碗

这才打了个饱嗝儿

舒口气摸摸肚

"咱磁州拽面,

天底下第一美餐!"

蔺子瞻

看着王子清狼吞虎咽

既心疼

又埋怨

"子清啊子清，

你为了党的事业，

变卖家产，

救济党员，

忘我工作，

从不抱怨；

严于律己，

为政清廉

一心为民，

不贪不占，

洁身自好，

率先垂范。

甘愿自己受苦受累，

始终把百姓的疾苦记在心间。

不愧是人中豪杰，

不愧是钢铁硬汉，

不愧是无产阶级的先锋战士，

不愧是清正廉洁的共产党员！"

第四章

风寒霜重乱云垂，傲雪红梅看劲枝。

试问直南青翠柏，山花烂漫当何时？

题记——火之锤炼

第二十四节　　参加六大语惊艳

仲春的风

吹拂着漳河两岸

谷雨之后的天气已经变暖

刚刚下了一场透雨

种上的玉米谷子不用浇灌

麦子拔节还在生长

幼苗碧绿不用锄田

这个时节

农民难得一时的清闲

这天傍晚

王子清和父亲

坐在院子里下棋闲谈

"爹呀，儿这次远赴苏联，

可能要走很长时间，

五月割麦子活儿很累，

还得靠您老亲自来干。

儿给您道一声辛苦，
请求多理解，
只求别埋怨，
待到红旗天下插遍，
儿子一定回到家中，
守在您的床前，
尽尽孝道，
表表心愿，
感谢您的养育之恩，
报答您的父爱如山。"

再看德贵老汉
花白的头发黝黑的脸
粗糙的皮肤宽宽的肩
长满褶子的额头
沟壑纵横藏着辛酸
一双壮实有力的手
十指厚厚布满老茧
抚摸子清的黑发
早已泪流满面
"儿啊儿，
听爹言：
耕读传家，
广为流传，

歪门邪道，

咱王家不沾。

你干革命，

爹不埋怨，

只要为了百姓好，

再苦再累爹心甘，

用啥拿啥，

只需一言，

家里的事你别管，

老爹爹有一副好身板，

只要你在正道上走，

就不会丢了咱王家的脸。

只盼你，

出门在外，

注意安全，

革命胜利，

早日凯旋。"

言语不多

震地撼天

父子隔代

心心相连

这就是中国农民的质朴勤劳

这就是中国农民的善良勇敢

这就是中国农民的真情实意

这就是中国农民的人心向善

老父一席知心话

子清倍觉情亏欠

感恩父支持

谢过妻心宽

从集上买回一只鸡

坐上铁锅用水汆

撒上花椒大料

放进葱姜大蒜

点燃柴禾生着火

熊熊烈焰往上蹿

呲呲的香气

顶着锅盖四处发散

一炷香的工夫

鸡块炖好

汤肥肉烂

味道鲜美

不咸不淡

端下铁锅放到锅台上

掀开锅盖把鸡块盛进盘

摆在圆桌上

放上筷子和饭碗

招呼全家都坐下

高高兴兴吃顿饭

辛辛苦苦半辈子

今天让家人的生活得改善

一家人

围桌边

难得老少阖家欢

子敬父

妻作伴

子孝妻贤无祸端

救百姓

于水火

侠义子清披肝胆

放心出门

到更高层次去锤炼

一九二八年五月的一天

地下交通员来到岳城

从身上拿出一封密件

王子清激动地打开

看了又看

信里通知他

参加中共"六大"

即刻动身赶赴苏联

送走交通员
王子清一夜没有入眠
他回想着
入党时的情景
革命斗争的每一个瞬间
谋划着今后的工作
思考着参加党的六大如何发言
不知不觉
一抹朝霞染红了天边

吃过早饭
告别父亲和妻儿
背起包裹
步行走进安阳丰乐火车站
坐上火车到天津
转乘邮轮到大连
再乘火车到东北
去找秘密接待站

这时的哈尔滨
白色恐怖笼罩
特务暗杀险象连环

根据组织安排

所有参会人员单线单联

走出哈尔滨火车站

王子清环视左右

未见可疑追随人员

立即

左肩挎上黑色蛇皮包

右手摇起乌木折叠扇

等待

与接头人见面

忽然

站台的东北角

一辆黄包车进入他的视线

这车夫

高高的个子

梳着粗粗的长辫

黄色小褂

奄拉在胸前

一顶旧毡帽

遮住了他的半张脸

帽子之下

一双明眸左顾右盼

看见王子清

立刻走上前

"客官,

来哈做生意,

还是把亲戚串?

要到哪里去,

是否要住店?"

暗语对头

王子清缓缓撩起衣衫

掏出一盒火柴

抽出几根一齐折断

王子清

李纪渊

接上暗号

迅速离开车站

来到中央大街一个杂货店

杨之华

阮节庵

以店员身份作掩护

让参会代表休整几天

为便于行动

哈尔滨联络站

将代表分成若干小组

分期启程露宿夜餐

每人携带一个号码牌

进入黑龙江绥芬河口岸

由铁路工人带路

前往中苏边境约定地点

历时一个多月

躲过无数次危险

途径满洲里

越过边境线

安全抵达苏联

和汇聚在这里的代表一起

出席了在莫斯科召开的

中共第六次全国代表大会

成为直南第一次出席全国党代会正式代表成员

从六月十八日到七月十一日

中共"六大"

八十四名正式代表

五十八名列席成员

在莫斯科近郊兹维尼果罗德镇银色别墅

秘密开会二十四天

参加会议的一百四十二人

选举出大会主席团

通过了军事、组织、苏维埃政权

农民、土地、职工、宣传

民族、妇女和青年等十多个决议案

统一全党思想，

修改《中国共产党党章》等重要文献

认真分析大革命失败的原因

总结大革命失败以来的经验

对中国革命一系列严重争论

作出了基本正确的判断

大会的重要成就

就是克服党内"左"倾情绪

实现了革命工作的根本性转变

大会分组讨论

组织集中发言

王子清

以十三号同志的身份

围绕

党的组织

兵士工作

革命潮流

同志关系

农民土地

五个方面

进行了两次专题发言

六月二十六日

王子清进行了第一次发言

他以"做农民运动"的身份

站在当时重视工人运动的面前

不汲汲于富贵

不戚戚于贫贱

不跟风，不盲从

不抱怨，不茫然

坚持党性原则

树立正确的人生观

讲到组织问题

他心细大胆

直面官僚主义问题

批评漂亮的机关

提出必须和群众在一起

走群众化、技术化路线

讲到同志关系

他直言不讳正本清源

坚决反对相互攻击

同志间还闹意见

提出"腐败"一词

眼光独到深远

七月二日

王子清进行了第二次发言

就农民问题、地主经济、农民协会等问题

详细阐述了自己的观点

特别是贫农、中农、地主、富农如何划分

明确提出坚决拥护毛泽东的观点

他的两次发言

结合磁县实际

直面问题弊端

站在农民是灵魂

土地是生命的层面

坚持原则

反对腐贪

提出许多建设性意见

赢得了

大会代表的阵阵掌声

展现出

一个共产党员的坚定信念

两次发言的原稿

现藏于中央档案馆

鉴于王子清的优异表现

大会选举他为

农民运动委员会委员

妇女运动委员会委员

苏维埃运动委员会委员

大会期间

王子清一刻也不闲

拜见了中央领导

周恩来

瞿秋白

李立三

蔡和森

苏兆征

李占泉

审议大会议题

和党的领袖面对面交谈

对大会文件

认真学习

深入钻研

先进理论武装

革命意志更坚

走进莫斯科红场

见证第一个社会主义的勃勃生机

接受思想上的洗礼和锤炼

从斯大林、布哈林身上

看到了苏维埃革命领袖的风范

"六大"之后的王子清

开展工农运动

积累了更加深厚的经验

献身革命征途

更加坚定了共产主义理想信念

第二十五节　　党的恩情暖人心

人民跟着共产党走

党恩浩荡人心暖

党的"六大"期间

顺直省委

派朱林森巡视直南

在岳城

朱林森巡视员

特意到王子清家中

探望赵清莲

传递组织的关怀

倾听党员家属的期盼

跨入王子清的家门

清贫的家境映入眼帘

四处透风的房屋

全家人身上褴褛的衣衫

王德贵年事已高

沧桑岁月压弯了腰板

身影佝偻犹倚望

满头白发目光暗淡

赵清莲为党为家

不停奔波累出了黑眼圈

年仅二十多岁

容貌就像四十三

瘦弱的一双儿女

饿得两天没吃一顿饱饭

见来人头也不抬

只顾泥头泥脑地上玩

面对贫困的家境

朱林森

疼在心里

看在眼前

说出暖心话

送上米和面

对王德贵全家进行安抚

肯定了磁县党组织的出色表现

赵清莲

这位女共产党员

衷心感谢省委关怀

赤心向党意志更坚

不怕苦和累

不惧困和难

跟定共产党

全都抛一边

娇小瘦弱身

巾帼不让男

蒸了一锅窝窝头

送给朱森林巡视员

拿出家中仅剩的三元钱

塞给朱森林作盘缠

清莲啊清莲

您和子清一样

为了革命事业的发展

抛家舍业

终身肝胆相见

以命相搏

心底阳光灿烂

你们不愧为

磁县人民的骄傲

共产党员的先锋模范

第二十六节　顺直省委起风波

八月中秋月儿圆

大枣石榴苹果甜

可惜月儿有阴影

甜甜的果儿出现了斑点

由于大钊先生不幸被害

他领导的北方区委

失去中枢遭遇困难

新成立的顺直省委

被书记彭述之一人霸权

未能恢复北方地区党的工作

反而坚持右倾主义路线

对内

家长式命令

学院式训练

要求同志们绝对服从

毫无正确的政治观点

党内生态极度弱化

思想意识引发混乱

对外

完全脱离群众

实行一家之言

放弃对群众斗争的领导

党的组织迅速缩减

等待主义变成关门主义

致使顺直工运停了一年

"顺直问题"由此产生

矛盾纠纷接连不断

严重窒息党的声音

各项工作停滞不前

党员干部看在眼里

地方组织急在心间

纷纷上书中央领导

表达心中极大不满

党中央

很果敢

派出周恩来为团长的代表团

于一九二八年十二月

进驻天津反正拨乱

召开顺直省委常委扩大会

通过《顺直党的政治任务》等 6 个决议案

选出新的省委领导

顺直省的革命斗争越过泥潭

风笛在

柴堆

树冠

山坡上吹响

岳城四周

铺满了银色的地毯

草木凋零

蒿雪如烟

松柏兴奋的炉峰

依然耸立山巅

雁行划过的漳河

寒冷封不住水欢

严冬里的一缕清风

带来了水碧天蓝

顺直省委常委扩大会

选举王子清为顺直省委委员

省委研究决定

王子清再次回到直南

此时此刻的磁县

党组织的隶属关系不断变换

原是顺直省委管辖

后又划给河南

一段时间隶属豫北

另一段时间又隶属直南

先是成立彰德特支

王子清担任特支委员

三个月后

区域划分进行调整

党组织隶属关系再次改变

成立磁县中心县委

由中共中央直接领导到第一线

王子清

也随着党组织关系的隶属变化

以磁县为根据地

不断向安阳和邢台等地拓展

点燃斗争烽火

高扬革命风帆

整顿党的组织

发展党的成员

一系列

有理有利有节的工农运动
促进了党的工作深入开展
激烈的红色革命风暴
在冀鲁豫交界的直南席卷

第二十七节　城北反"插耧应差"

清明节后百花艳

转眼到了一九二九年

磁县城北大平原

地肥水美一马平川

稻谷飘香

红荷菡萏

好地好水

北国江南

无奈近几年

军阀混战

百姓叫苦连天

农民辛勤劳作

粮食连年减产

地主豪绅

反动军阀

一群大坏蛋

沆瀣一气

狼狈为奸

巧立名目

对农民连坑带骗

用"插耧应差"法

压榨农民血汗

租地种的佃农

还要承担地亩摊派的差役负担

"三七分"

"二八分"

一年到头

佃农挣不够肥料钱

走投无路的农民

只好向地主借粮借款

签名立约

抵押庄田

"壳斗账"

"驴打滚"

"连本捐"

高利贷让农民倾家荡产

还有

名目繁多

杂税苛捐

敲骨吸髓

成了地主军阀的家常便饭

有一句顺口溜

在磁县城北广为流传

"农民越渴越吃盐，

穷苦百姓难上难。"

甘草营村的苗老三

借了地主一百元

连本带利驴打滚

两年成了三百元

还也还不起

谈也无法谈

地主逼得紧

最后连窝端

四亩土地一处院

狠心地主全霸占

这样的例子不想举

惨苦的例子举不完

可怜的劳苦大众

被地主豪绅推到悬崖边

生活贫困潦倒

濒临死亡边缘

打击地主豪绅的压迫剥削

真正减轻农民负担

磁县县委坚强领导

深入农村正本清源

派出

王子清

唐寿山

王合

李巨川

常钧

吕鸿安

以甘草营村为圆心

向外辐射三十里地远

组织

八里铺

西光禄

北来村

小营店

方圆二十多个村庄的农协会员

反对"插耧应差"

坚决抗税抗捐

王子清

身先士卒

集会宣传

陈述反动军阀罪行

揭露恶霸地主嘴脸

分析当前形势

指出农民苦难

讲解斗争的意义

拨动了农民群众的心弦

各个村庄争先恐后

邀请王子清去村讲演

群众东拖西拽

争着要王子清到家里去吃饭

"子清到家吃顿饭，

我的内心才能安。"

宣传得法

掀起波澜

群众纷纷走出家门

抱成一团

唱起自编的歌谣

用实际行动抗税抗捐

"老农结团体，

就有吃的米；

老农大联合，

就有吃的馍；
老农不结团，
饿死也枉然。"

农历腊月十二日这天
风烈
霜冷
地冻
天寒
县政府又派巡警来催款
除了粮租
差役也要全部负担
若不交
抓到县上坐牢蹲监

唐寿山
据理力争
拖延时间
"穷人没有钱，
不受票子传。"
群众围拢上来
义愤填膺手握拳
"大家伙不用害怕，
来了就给他们干。"

法警一看事情不妙

匆匆忙忙逃回府县

王子清

唐寿山

召集农协开会

认真分析研判

认为敌人劣性难改

一定不会休眠

迅速通知各村的农协会员

抵制税赋

走出家院

向地主要房要款

数千名群众大集结

反"插耧应差"

吓坏了国民党县政府

吓坏了法警民团

反动政府铤而走险

武装镇压农协会员

黎明时分

五十名法警荷枪实弹

骑着高头大马

逼近甘草营村边

与地主富农勾结

准备逮捕运动领导人员

可是法警哪里知道

城北的农协会员

早已秣马厉兵

枕戈待旦

法警进入甘草营村界后

忽一下

篝火四处点燃

十里八乡的农协会员

手里拿着

粪钩

铁锨

锄头

扁担

赶赴甘草营前来支援

领头的法警

一看形势不妙

命令巡警向武安方向逃窜

农民群众紧随其后

火速追赶

可恶的巡警狗急跳墙

向追赶的群众开枪射弹

农协会员宋茂林

身中三枪

不幸遇难

法警的暴行

激怒了参战的农协会员

他们奋不顾身

勇往直前

大声高呼

"抓住法警，

血债血还！

剜心剔肉，

送入黄泉。"

呼喊间

将残暴的法警

团团围在光禄火车站

经过激烈搏斗

逮住了首领宗具臣

还俘虏了五名警官

树倒猢狲散

化作散沙一盘

剩下的法警丢盔卸甲

四处狼狈逃窜

农协会员打扫战场

缴获法警五匹马

十一条枪和许多子弹

得胜凯旋

马炸人欢

农协会员

押着俘虏从光禄往甘草营村赶

途中扩大战果

又从黄官营等村

缴获地主二十四条枪和部分子弹

中午

得胜归来的农协会员

集聚在甘草营村周边

十里八乡的群众

也携子带女赶来观看

王子清当机立断

召开两千多人的庆祝大会

示威游行

高声呐喊

把宋茂林的尸体

摆在大地主的供桌前

控诉地主法警罪行

对社会制度进行批判

群众振臂高呼

吓得宗具臣浑身打战

反动政府垂头丧气

主动提出

答应农协减租减税的所有条件

反"插楼应差"斗争

声势浩大

轰动河北河南

鼓舞了群众斗志

打击了反动政府的嚣张气焰

吹响了反对地主阶级的号角

维护了农民协会的威严

第二十八节　举行"五一"大暴动

秋雨连绵天不晴

粮食发霉减收成

灾年本应受照顾

官方逼租却不停

交租之后没粮食

农民吃糠咽菜熬寒冬

来年开春温度升

没钱买种土地荒芜无人耕

野菜挖光填不饱肚

甘的土充饥保性命

群众疾苦党知情

盯住直南不放松

顺直省委认为

贫穷自然压力大

工农都有斗争性

政治示威条件熟

举行暴动有可能

革命道路有坎坷

"左"倾冒险主义很盛行

成立五一行动委员会

筹划直南地区大暴动

委派

郝清玉

张兆丰

冯温

王世英

一九三〇年初到岳城

总结反"插楼应差"好经验

与反动军阀作斗争

筹备直南特委会

举行"五一"大暴动

特委扩大会开在羊角铺

"暴动委员会"是统领

小韩庄村细谋划

工人农民联合民团都是兵

队伍分为六大路

时间定在五月一日黎明

夺取枪支后各路会合

彭城东山上的烽火是号令

想的是

各路队伍旗开得胜

举行暴动定能成功

成立苏维埃政府

建立红军武装聚集各界精英

面对极端"左"倾

王子清表达的意见可不相同

"虽然直南一带看着较繁荣，

可群众的生活特别穷，

缺乏经济基础，

路途坑洼不平，

暴动时机不成熟，

莫要被表象迷惑了眼睛。

继续培养队伍，

暴动的议题暂时缓停。"

王子清的建议

未被上级组织采用

"左倾主义"仍然一意孤行

但作为党员

对上级党组织作出的决定

他无条件绝对服从

根据暴动委员会安排

王子清

负责岳城第一路

小韩庄会后迅速集中

将人马编成三大队

目标任务分得清

先行割断电话线

交通要道挖了陷阱

在那个风高月黑的夜晚

暴动队员提前出征

静卧山坡屏住呼吸

唯有夜莺在树林里啼鸣

按照总部暴动指令

一千多人的队伍好似长龙

手拿大刀、长矛

将岳城的东、西、北三个大门

围得水泄不通

剩下的队员

悄悄从南门进入城

缴获枪支和弹药

火烧最大粮号叫"贵兴"

三队任务全部完成

迅速会合在柿园村东

按照约定等待烽火信号

可久久不见彭城东山上有动静

王子清料到情况有变化

彭城暴动出了险情

左等右等

天色微明

贸然集结

恐遭伏兵

为了保存有生力量

为了不暴露队伍行踪

慎重考虑

果断决定

就地埋掉枪支

让队伍悄悄潜回岳城

等待日后

谋取更大行动

敌强我弱

情况不明的情况下

保存力量

积蓄精兵

等待时机的正确做法

却被说成思想右倾

受到停止党籍一百天的处分

党内错误路线

在果断机智的王子清身上

留下了第一次悲情

"五一"暴动

只有岳城暴动成功

其他五路

均以失败而告终

这是"左"倾冒险主义路线

不顾条件

脱离群众

错误指导

错误发动的一次军事冒险行动

暴动失败后

敌人疯狂反扑反攻

包围村庄

捉拿群众

蓬勃发展的

"贫民社"

"农协会"等进步组织

损失惨重

二十四名暴动骨干遭逮捕

九名同志不幸牺牲

敌方穷追死赶

悬赏一万元

捉拿王子清的布告

贴遍了漳河两岸的南北西东

王子清

无所畏惧

夜寐不能

牺牲的兄弟

被开除的矿工

逮捕的二十四名同志

处于水深火热中

救他们

为革命

钱财铺路

寄希望于家中

秘密写信给清莲

让她劝父卖房卖地

换成大洋救英雄

清莲接信犯了愁

无法向公公张此口

子清入党八九年

从家拿的钱物数不清

卖得田地仅剩二亩半

留下的三间北屋还透风

以前子清要钱哄又骗

这次老父亲察觉不合情

"学校已经不再上，

做买卖怎能次次赔本和亏空。

知道他在外干革命，

也知道为的是老百姓，

可为人一点儿不顾己，

咋这样总把家里坑。"

赵清莲无奈请亲朋

把王子清在外的所作所为

详细讲给老人听

"子清加入共产党，

干的是前无古人的大事情。

他闯荡在外图个啥，

为的是普天下的劳苦大众，

现在他急需钱和物，

没有钱物他的大事办不成。"

王德贵

心一横

卖掉房屋和田地

自愿受那饥和冷

和清莲一起

把钱交到子清手中

白花花的银钱手里捧

沉甸甸的回报是心情

王子清

内心颤抖

咽喉如鲠

"老父亲,

辛辛苦苦,

勤劳一生,

才有了比较殷实的家境。

赵清莲,

操持家务,

省吃俭用,

从没有买过一根红头绳。

而自己,

苦亲人,

困家庭,

为了什么?!

为了党和人民的事业!

为了什么？！

为了中国革命早日成功！"

第二十九节　　邯肥夜宿柴草垛

岳城"五一"大暴动

失败之后敌出兵

到处搜查共产党

直南处在白色恐怖中

义井召开直南特委会

宣布六届三中全会最新决定

批判"左"倾冒险主义

纠正暴动错误

分析形势和敌情

撤销行动委员会

让王子清回到党的队伍中

恢复党籍

任命直南特委书记

重新开始新的革命斗争

新的斗争

秘密进行

特委书记王子清

巧妙化装

隐姓埋名

主动深入群众中

同吃住

同劳动

做工作

察民情

白天

和党员群众一起下地干农活

黑夜

组织党员骨干学习马列到五更

劳动

他是庄稼把式一好手

学习

他是直南大地一盏灯

这年冬

王子清

邀请肥乡的党员柳林溪

在磁肥交界密谋重要事情

不知不觉间

天色全黑露出星星

各回自己家

道路戒严不能通行

住店过夜

浪费钱财

警察巡查还容易暴露行踪

左找右找

看到路南地里有一垛玉米秆

掏个窟窿洞

钻进洞中

两人打通铺

相互将脚伸进对方袖口中

王子清笑着说

"有铺又有盖，

安全又不冷，

睡吧，

咱们一觉睡到大天明。"

这就是我们的共产党员

这就是播火者王子清

无数革命志士

坚持党的地下斗争

残酷危险

信念坚定

要饭吃

隐姓名

躲搜查

睡窑洞

靠的是机智敏锐

靠的是坚强的党性

在那样的年代

王子清

依然保持革命乐观主义精神

不喊苦累不叫疼

倒是对待党内同志

尤如他的亲弟兄

互帮互助

情深意浓

魏县第一个中共党员李大山

一九二六年七月入党后

常年工作在濮阳、大名

成立中共大名县特别支部

奉党指示进行革命斗争

和王子清一起

在濮阳组织"盐民敢死队"

两人并肩作战建立深厚革命友情

一九二九年正月

李大山组织农协会员开会

因叛徒告密暴露了行踪

不幸被捕入狱

被国民党法院判处两年徒刑

经多方营救

李大山走出监狱

却落下一身疾病

王子清亲自到大名探望

询问病情

并利用北京的关系安排医院

请出最好的医生

床前精心伺候

悄悄付了手术费用

直南特委秘书长李尊荣

配合王子清工作忠心耿耿

奔走于磁县、漳德、大名

南乐、焦作、清丰

从事农民工作

领导煤矿工人运动

有一次执行紧急任务

从邯郸回磁县岳城

在双庙车站突遭敌人盘查

跳火车不幸壮烈牺牲

王子清

强忍悲痛

连夜兼程

赶到双庙火车站

趁夜色朦胧

背回李尊荣的尸体

购买棺木

入殓整容

安葬的时候

王子清哭得痛不欲生

像这样的例子

伴随着王子清的一生

革命征途上

处处是真情

这是共产党员的血脉相连

这是革命战士的阶级弟兄

镰刀与锤头交织的旗帜

用无数先烈的热血染红

幸福与美好的生活

是几代人前赴后继的生命结晶

第三十节　彭城小车社罢工

陶瓷

中华的别称

中华

有着五千年文明

中国陶瓷

世界文化的象征

生生不息

文明延续的传承

南有景德镇

北数是彭城

处处烧制窑

人人造瓷瓶

缸碗盆二十多种瓷器争奇斗艳

"磁州窑"陶瓷举世闻名

磁州窑乃北方最大民窑体系

创烧于北宋中期并达鼎盛

历经宋金元明清

窑火不熄越烧越盛

磁州窑以白釉黑彩瓷器而著称

黑白对比强烈鲜明

民间瓷器珍品典范

具有独特风格与特征

图案十分醒目

刻、划、剔、填彩兼用

采用中国绘画技法

以花草虫鱼等形式绘制构成

黑白艺术独树一帜

最为出彩的是瓷枕和瓷瓶

一尊梅瓶

倾国倾城

瓷传天下

巧夺天工

从观台到彭城

从纸坊临水到贾璧索井

瓷土燃料蕴藏丰富

漳滏两河波涛汹涌

方圆数百里

窑顶林立

云集精英

窑火盛燃

爆烟蔽空

壁砌巷排

弃缸废笼

场屋相连

残瓦碎砾堆如山峰

各种窑口两百多座

从业人员一万余名

旧时工业之中心

商贾繁华之盛景

彭城东北六十里

滏阳河流过马头东

河宽水深易通航

漕运物资乐融融

市廛连亘

开放繁荣

送瓷运料人力车

首尾衔接辘辘轴声

鱼贯穿插

间无隙缝

车推人拉

彭城陶瓷往此集中

装上货船

水路运出磁县境

千帆竞发

陶瓷出境

漂洋过海

走进欧亚大陆的贵族皇宫

从彭城到马头

沿路七八十个村庄的老百姓

祖祖辈辈

就靠小推车运瓷器为生

可资本家

不是一盏省油的灯

想方设法坑工人

残酷剥削是本性

出歪点

当孬种

以

"单扣底"

"双扣底"

"葯货钱"为名

克扣运费

挖空心思坑害运瓷器的小车工

忍无可忍的小车工

为生存

砸瓷瓶

散传单

发声明

共产党员王维钢

具有高度革命前瞻性

此事重大需汇报

找到直南特委书记王子清

二人见面碰了个头

觉得这种趋势不可放松

迅速召开特委会

认真研究作出决定

抓住时机

立即行动

组织小车队开展大罢工

命令

王维钢

刘大风

李欣然

张锡珩

以小学教员的身份

深入各村

慰问宣传发动工农群众

成立小车工会

号召工人团结如弟兄

发布罢工宣言

提出斗争纲领

印制《敬告民众书》

与陶瓷厂的资本家

进行公开合法有理有据的斗争

"民众同胞呀，

我们这区地少人多，

石厚土薄，

出死力不够生活。

没法子到彭城去推脚，

可恨的店主和商人，

好比要命武阎罗。

见咱生活困难，

更要生法刻薄，

莳货钱要一吊，

双扣底百扣二，

银圆又多一吊多，

剩下十来吊钱，

两天的盘缠草料顾不着。

血汗挣来的几个钱，

都被他们强取豪夺，

没法子才叫咱们把车搁。

我们齐心的结果，

有些商人允许银圆按市价合，

可杀人要死的店主们，

还是不肯将双扣底裁去啊，

这些店主只知他们吃喝，

不管我们的死活。

联合吧！

大家一心呀，

他要双扣底，

死也补退货。

定个日子到彭城，

大家示威吓死他！"

党的决定一呼百应

罢工符合百姓心声

从马头到彭城

推车工人多达四千名

村村成立小车社

共同对抗

牵住资本家的脖和颈

王子清

坐镇李兵庄学校

运筹帷幄之中

正确判断形势

亲自领导罢工

深谋远虑

发出命令

"团结一切可以团结的力量，

将运瓷大车为我所用。

没收小车社外的运瓷工具，

卡死所有运瓷路径，

印制小车社车牌，

无牌车辆不准运营，

设立小车总社，

巩固罢工阵营。"

瓷货外运不出

资本家急得发疯

无可奈何下

仍然假惺惺

表面同意谈判

暗地里使坏作梗

偷偷勾结民团

悄悄住进彭城

谈判中
小车社态度强硬
工人信心大增
"争取应得权益，
进行罢工斗争，
不达到目的，
坚决不收兵！"

住在李兵庄学校
坐镇指挥的王子清
看着工人罢工势头正兴
看长远，再鼓动
进一步深入
组织更大规模的罢工

按照事先约定
一九三二年五月初三
四千多名小车工
高举红旗
手拿长矛红缨
从四面八方
到彭城镇东的竹林寺集中
王维刚、刘大风等人登台讲话
慷慨激昂言重九鼎

全方位叙述了罢工的重要性

煤矿和瓷厂的代表

也纷纷上台表示

誓死做小车工人的坚强后盾

直到罢工全面获胜

会后

组织了几千人的示威游行

冲破民团三道防线

将彭城镇围得水泄不通

民团团丁举枪威胁

罢工工人不变神情

共产党员生死度外

面无惧色依然往前冲

手拍胸脯

发出铿锵之声

"帮狗吃屎的团丁，

你也是贫苦大众所生。

想想爹娘兄妹，

怎样饱受欺凌？

有胆，

朝这里打，

有种，

向这里扎，

二十年后，
老子又是一个顶天立地的英雄！"

共产党员声如洪钟

工人罢工气势如虹

正义的力量

吓坏了城内的资本家和团丁

提出和解来谈判

取消所有不平等

按月支付运输费

小车工人的条件全答应

小车社罢工取得胜利

发展党团员一百五十多名

保障了工人的正当权益

灭掉了资本家的阴恶威风

这是工农运动的成果

这是工人农民的正义之声

这是党的领导正确

这是党的决策英明

星星之火燎原红

星火连天逐日涌

彭城小车社罢工的胜利

引得周边区域刮起阵阵春风

怡立煤矿

六河沟煤矿

峰峰煤矿

西佐煤矿

彭城瓷厂

企业工人连续发动大罢工

光禄镇

八里铺

徐王庄

城北农村开展增资斗争

河南濮阳

河北大名

革命运动风起云涌

这一时期

直南地区的斗争最活跃最成功

第三十一节　　工农运动遇寒潮

工农革命发展迅猛

利好消息不断传送

暂时局部的胜利

省委个别领导头脑昏庸

不顾实际胡乱决策

冒险主义又一次占了上风

一九三二年的仲秋

河北省委发出指令

组建工农红军

领导武装暴动

建立苏维埃政权

革命运动短期内必须成功

王子清

看在眼里急在心中

认真总结直南工作的经验教训

认为省委的决定难以执行

此时开展游击战争

难稳阵脚会有流血牺牲

主动向省委特派员汇报情况

没有得到任何回应

还被指责为

偷偷摸摸放不开手脚

对省委的指示不尊重

无奈下

王子清和直南特委

只能保留意见

违心执行省委的指令

对岳城"五一"暴动后

留下的一小部分队伍

进行简单修整

匆忙间

成立了中国工农红军第二十军

任命军长张兆丰

政治部主任王子清

有了正规的革命武装

本应吹响号角

向国民党反对派发起进攻

由于组建急促

二十军从成立到解散
没有采取任何军事行动

这种情况下
省委内部的思想更加"左倾"
冒险教条急于求成
批评直南特委思想保守
怕热怕冷
不思进取
甘愿平庸
派出特派员进驻磁县县城
组建直南工农红军游击第一支队
下设六个中队总共几百个兵
任命王维刚为支队队长
直接指挥工农革命武装暴动
定在
十月四日夜晚
马头
林坦
彭城
半坡
黄鼠
岳城
六个区片同时行动

暴动后到磁县九龙口汇合集中

由于暴动时间过早确定

内部泄密暴露了行踪

国民党部队左右夹击

将暴动队伍

包围在布袋之中

游击队员激战一天一夜

枪支弹药几乎不剩

几百人剩下几十人

强行突围到白龙庙的山中

虽然顽强拼搏

终因寡不敌众

王维刚等十八名同志不幸被捕

五花大绑押到磁县城

国民党磁县政府

对被捕人员严刑逼供

压杠子、进囚笼

火箸烫、老虎凳

逼着承认是共产党

可他们死活不吭一声

敌人无计可施

准备按照土匪定刑

十八人被捕

王子清心情十分沉痛

救人出狱

重中之重

站在临街的一栋小楼上

慢慢掀起窗帘一道小缝

向监狱观看

注视着高墙内外的一举一动

看见遍体鳞伤的王维刚

比自己挨打还要疼

通过地下组织

找到看门的狱警

送出三块大洋

点头以示联盟

将藏有纸条的窝头

由狱警带入牢中

给同志们信心

方便外合里应

十几名人员晚上劫狱

换狱装进入牢中

谁知

国民党迫于压力

将王维刚等人押解北平

胡乱编了个罪状

准备按政治犯处以极刑

党组织积极组织营救

想方设法一刻不停

将钢锯条纳进鞋底里

利用探监机会送进狱中

王维刚用锯条锯掉手铐脚镣

瞄准中午时间放风

趁看守不备

爬上监狱楼三层

纵身一跳

跳出虎狼之坑

躲过悬赏通缉

回到磁县岳城

见到王维刚

热泪轻盈

生死离别的两双手握在一起

久久不能放松

"不愧是'越狱大王'，

英雄壮举全国闻名。"

虽然王维刚越狱成功

但其中的六七人英勇牺牲

直南党组织

也遭遇了寒冬

"左"倾机会主义

不顾实际

超越真空

轻视敌人

莽撞耍横

在直南发动的一系列暴动

最后均以失败而告终

面对此景

王子清

仰面长叹

顿足捶胸

掩面沉思

痛定思痛

对省委巡视员

陈述利弊

怒而发声

"只注重军事暴动,

不注重日常斗争,

主观夸大革命力量,

不注重团结广大群众。
血的教训摆在眼前，
我们怎么还不赶快警醒？"

对左倾路线的质疑
却被巡视员说成思想右倾
不仅不接受正确建议
反而公开给予批评

王子清
胸怀坦荡
磊落光明
性格耿直
愈挫愈勇
因为
追求真理是他不改的秉性
实事求是是他不变的赤诚
为了革命斗争不再受到挫折
亲自到省委
直言上书
汇报直南工作真情

省委明察秋毫
逐事厘清

颁发《关于直南工作的决议》

对王子清

领导直南特委的工作

作了正确评价

给予了充分肯定

对巡视员报告中

"放弃工农，

脱离群众，

不在斗争中产生游击队，

阴谋式夺取枪支。"

提出严厉批评

指示直南特委

发扬优秀传统

继续扎根基层

深入工农群众

以点带面

领导六河沟煤矿工人大罢工

第三十二节　六河沟煤矿罢工

六河沟煤矿很兴盛

公司下面有台子寨等七八个矿井

经济效益非常好

规模全国前十名

可资本家一点也不讲人性

把工人当作牛马用

盘剥克扣工资福利

包工头另外还要剥削一层

可怜的煤矿工人

受苦受累下矿井

上下班时间没有任何保证

资本家人模狗样举皮鞭

不管工人的死与生

资本家赚得盆满钵盈富流油

煤矿工人却特别穷

曾经几次大罢工

因为没有正确的组织领导

大都无疾而终

一九三二年
王子清
省委归来又受命
要把共产党组织建进煤矿中
找到工人党员纪德贵
联系磁漳中心县委刘大风
发展工人党员
发现革命先锋
成立煤矿特别区委
让黑色怒潮风起云涌

由于工人运动尚属低潮
公开活动肯定不行
区委开会到白龙庙
分析形势研究斗争途径
以拜把子形式成立朋友社
让工人骨干拧成一股绳
规定入社条件
制定朋友社纲领
对内反对资本家
不增加工资不下矿井
对外反对军阀专制

仗义执言打抱不平

先在外围台子寨煤矿

组织朋友社大罢工

这天早上工人来到矿井口

坐着站着不下坑

资本家无奈出孬点

请来了全副武装的民团团丁

硬逼着工人下井去

工人们钉在地上站着不动

躲在人群后面的王团总

感觉工人煞了他的威风

急败坏扣动扳机

"砰砰砰"

手枪子弹射向天空

这三枪

打炸王子清和纪德贵的心肝肺

双手一举发出号令

"官逼民反，

我们不反不行。"

刹那间人群扑过去

砖头瓦块一起扔

千人齐呼一口号

打死狗日的王团总

团丁连滚带爬一哄而散

王团总被砸得鼻青脸肿

资本家抱头跑到屋子内

吓得大气儿都不敢喘一声

磕头作揖求饶命

各种条件都答应

朋友社组织大罢工

旗开得胜

这次罢工是春风

从春夏一直刮到秋和冬

王子清

给上级组织做汇报

要再来一次更大的行动

这年秋分第二天

地里的谷子玉米都收清

矿工不再顾及家里事

专等组织发号令

六河沟煤矿区委细研究

全矿大罢工时间定在黎明

万名工人集合齐

拂晓汽笛呜呜呜

矿内工人抬枪带炮

矿外聚集着数不清的百姓

资本家叫来的国民党驻军

被黑压压的人群遮住了眼睛

灰溜溜逃走

吱也没有和资本家吱一声

资本家垂头丧气

矿工们欢呼雷动

未动一枪一炮

未伤一足一兵

攻心为上

万人大罢工获得全胜

这次罢工

万人称颂

影响巨大

远扬声名

全国各大报纸竞相报道

给予好评

中国工运史则称为

"六河沟煤矿万人大罢工"

第三十三节　　组织盐民敢死队

曾经的"左"倾冒险主义

让党的事业遭受重创

中共六届三中全会及时纠偏

取消蛮干的暴动委员会

各级党团工会组织恢复正常

直南特委也是如此

终于找到正确的前进方向

根据形势变化

特委驻地

从邢台、邯郸移至磁县、安阳

领导范围不断扩大

区域涉及直南、鲁西、豫北

六十个县的县城和所有村庄

成立三个中心游击区

分别是大名、邢台和濮阳

作为直南特委书记的王子清

已经跳出磁县看全国
奔向更广更阔，更大更高的战场

这一次
王子清外出巡视
途径
范县长垣内黄
东明南乐濮阳
一路走来一路看
满目的旷野和沙荒
黄河水冲击的洼地里
盐碱渣子白茫茫
春天种地秋不收
贫苦农民泪汪汪
无奈辛苦淋熬晒硝盐
挑到集市换回半斗粮
老老少少一家人
仍然一天三顿喝稀汤
吃不饱来穿不暖
过着猪羊不如的苦时光

盐民穷成这个样
还刺激着当局国民党
设立长芦盐务局

派几十名盐巡到濮阳

骑着高头大马

挎着木柄驳壳枪

实行盐业垄断颁布禁令

淋熬硝盐不准进入市场

踢盐摊折秤杆

砸淋池铲晒场

无恶不作

几近疯狂

盐民们稍有不从

就被盐巡带进监狱拘押过堂

严刑拷打

盐民遭殃

轻则致伤

重则死亡

王子清

看在眼里急在心上

找来濮阳县委书记王从吾

认真分析仔细商量

成立"濮阳民生盐会"

点燃盐民生存的希望

号召盐民

联合起来团结起来

拧成一股绳大胆往前闯

听从党的召唤

将盐巡赶出濮阳

合理合法斗争

夺回自身的权利主张

濮阳和磁县一样

革命热情极其高涨

组织"盐民敢死队"

高举的旗帜迎风飘扬

数千名盐民向县城进发

游行队伍浩浩荡荡

沿途散发《告盐民书》

传单飞进大街小巷

冲进县城王家大院

住在那里的盐巡逃了个净光

国民党县政府闻讯后

派民团前来阻挡

敢死队员毫不畏惧

义正词严拔刀相向

铲断院前道路

推倒大院围墙

一起冲进王家大院

打碎锅碗瓢盆

砸烂所有门窗

盐巡的老巢

被盐民们一扫而光

盐巡不准再来

淋熬硝盐恢复了正常

濮阳盐民的胜利

给周边县的盐民树立了榜样

王子清

扩大战果乘势而上

组织周边县的盐民

到濮阳学习交流斗争情况

取得真经真传

返回各自的家乡

这之后

王子清请示省委

扩大盐民斗争的战场

延津滑县至内黄

长垣大名和濮阳

十三个县的盐民集聚清丰

将驱逐盐巡的斗争全面打响

成立"两河盐民联合会"

十万盐民志坚如钢

加强协作

互助互帮

南乐出人马

浚县送给养

东明磨大刀

汤阴造土枪

封丘濮县也不落后

给盐巡来了个暗度陈仓

十三个县的盐巡全部驱走

直鲁豫人民群众放声歌唱

共产党领导下的盐民斗争

成就了直南革命的一段辉煌

第三十四节 "黑王"奔波星光亮

胸怀全局

就能放眼整个中国

一如既往

定会点亮星星之火

一九三一年至一九三四年

王子清担任直南特委书记期间

一刻不停一刻不歇

把磁县当作播火地

让正义的火焰在四处陶冶

穿梭于

直南豫北鲁西广袤的大地

行踪不定神出鬼没

发展党组织

高唱革命歌

行动果敢指挥暴动

足智多谋示威游说

鼓动工农奋起抗争

反对富豪劣绅压迫剥削

饿了吃口农家饭

困了睡在半山坡

顾不上照顾父亲妻儿

忘记了传统的成家立业

只把工农群众记在心头

始终把党的事业记在心窝

抗日救亡

王子清把好青年学生脉搏

把肥乡作为活动重点

将四面八方的学校进行联合

加强党的领导

注重各方力量团结

示威游行一浪高过一浪

青年学生从不示弱

打倒汉奸卖国贼

抵制日货反对侵略

在邢台

王子清针锋相对

到国民党县部去交涉

组织"反帝大同盟"签名活动

查封商店里的所有日货

投火焚烧

烧出青年学生的革命气魄

在永年

革命斗争非常活跃

王子清贯通融合

细细谋划巧用计策

改分粮为借粮

一次就借走小麦万斤之多

合情又合理

搞得地主豪绅没啥说

在大名

革命斗争本来很火热

第七师范的领导权力

一度被共产党所掌握

可"左"倾思潮作了怪

七师的权力被篡夺

国民党委任一个新班子

校长就是郭鸣鹤

郭鸣鹤

背后人称"郭二蛰"

不教书来不教德

奉行蒋介石的"新生活"

禁止学生接触新思想

取缔学生"抗日社"

反对师生闹学潮

对待学生像恶魔

不让学生吃饱饭

他自己奢侈浪费吃喝玩乐

王子清

联合学校的共产党

动员师生来罢课

印发传单搞宣传

控诉学校领导的反动罪恶

七师学潮影响大

周边的几十所学校应声和

曲周肥乡和馆陶

高邑元氏和新乐

从南到北几百里

师生的怒潮四处响彻

国民党当局无计可施

只好向全省学生作了妥协

默认青年学生的爱国运动

不再公开出售日货

王子清

粗壮汉子铁塔一座

黝黑的脸庞透着坚毅的光泽

在直南

"黑王"是他的绰号

更是他信仰坚定的魂魄

他和从吾卓如二王紧密配合

将浓重的白色恐怖一次次冲破

建立抗日民主统一战线

引导工农群众走向革命自觉

他爱憎分明

有话直说

对敌人横眉冷对

对同志笑如花靥

泰山压顶不弯腰

狂风暴雨不胆怯

敢为人先是他的天性

奋斗终生是他人生的底色

全身心献给共产党

星火燎原光芒四射

第
五
章

金戈铁马鼓角擂，党指航程硕宿归。
拯救苦难心不改，捐躯粉骨铸丰碑。

题记——火之喋血

第三十五节　赴省委再受新命

一九三四年八月

王子清接到省委命令

调任省委宣传部部长

离开直南跨赴新的征程

临行

王子清赶回家中

双手拥抱妻子

一片愧疚

一片深情

"清莲啊，

你能不能饶恕子清？

为革命，

舍家庭，

愧对老父爱人和孩童。

这次离家，

不知归程，

任务艰巨，

责任更重。

请替我床前尽孝，

劳你替我照顾好家庭。

待到革命取得最后胜利，

俺王子清，

一定回到家乡，

服侍前后左右，

报答你的大恩大情！"

相濡以沫的妻子

特别理解丈夫的心情

掩饰住内心不舍

脸上洋溢出灿烂的笑容

给丈夫带上帽子

理了理褶皱的衣领

半天说了一句话

"你啥也不用说，

我懂！"

离开直南来到省委天津

革命工作换了新的环境

王子清

一如既往

全身心投入革命斗争

在做好宣传工作的同时

以省委代表的身份转战冀东

在丰润、玉田

在遵化、兴隆

领导当地民众

开展了可歌可泣的武装斗争

赢得民心

获得全胜

第三十六节　　上海滩遭遇磨难

突出的工作业绩

卓越的领导才能

得到了党中央的充分肯定

一九三五年三月

中共中央调王子清

到上海中央局工作

主要负责北方的交通

新的工作

新的征程

新的挑战

新的斗争

王子清精神倍增

按照上级交给的代号和化名

将地下工作者的接头时间和地点

事先约定

安排外地来沪工作者的学习和生活

管吃管住管接送

确保转交上级的文件

原封不动

安全送行

加强上海局与中央的联系

促进地方组织建设持续稳定

两个月后

王子清的职务再一次擢升

担任"中央联络委员会主任"

革命级别高了一层

主管中央局交通工作

身上的担子更加沉重

肩压重担

不辱使命

披荆斩棘

立即行动

召开特别会议

对南方北方的交通工作

进行了明确分工

制定详细方案

果断开展行动

经过恢复和整顿

上海中央局在短短三个月时间内

先后与

河北满洲陕西山西等十几个省

建立了党组织的联系和沟通

使惨遭破坏的地方党组织

重新焕发出勃勃生机

得以正常运行

这期间

国民党政府和日本帝国主义

签订了《塘沽协定》《何梅协定》

实施铁桶军事战略

对红军实行"围剿"清零

由于对敌斗争形势严重恶化

上海局领导下的白区工作

困难重重

整个上海

敌特分子密布

四处盯梢跟踪

白区工作的地下共产党员

时刻处于危险处境

七月二十二日上午

上海英租界小沙渡里弄四号楼一栋

王子清和往常一样

正在临时中央局机关办公

处理应急文件

思考今后的事情

突然

楼下隐隐约约传来嘈杂声

他下意识地感觉情况不妙

不由得打了一个激灵

好在早有准备

各种文件提前处理异地密封

迅速整理手头文稿

将一个绝密件吞入肚中

这时

突然冲进一伙军警

将屋子围了个水泄不通

二话不说

拿出大绳

将王子清五花大绑

押入牢中

可他哪里知道

这次被捕

是叛徒告密造成

国民党特务搜捕三十多个地方

逮捕上海中央局人员三十九名

几天后

特务分子在法院开庭

法庭上

王子清非常冷静

说自己是一个生意人

在上海靠经商谋生

但国民党特务在一旁做证

"你别嘴硬，

我们好长时间把你跟踪。

你就是上海局的交通总头，

不承认也不管用。

牢房里可准备着老虎凳，

不如你如实招供，

好保住你的性命。"

王子清

一言不发

一声不吭

高扬头颅

神态从容

这种气场

急坏了那帮特务狗杂种

将王子清押回牢房

使用酷刑

将双腿捆在一起

双脚缠住长凳

脚下不断垫砖

双腿越来越疼

头上大汗淋漓

皮肤一片片黑青

王子清咬紧牙关

仍然一声不吭

老虎凳里的砖头越加越多

子清的脸色由白变青

几次昏迷

特务都用冷水把他泼醒

但王子清始终只有三个字

"不知道！"

把审讯的特务气得发疯

审讯没有结果

狗特务鬼点子再生

把王子清等人当作政治犯

押解南京

羁押在瞻园路一百二十六号

交给国民党宪兵队司令

这个司令名叫谷正伦

正字下面却是个邪恶僧

宪兵司令部里设牢房

四处戒严全密封

犯人进去不见天日

关在里面从不放风

金刀砍

站刺笼

辣椒水

老虎凳

昏倒了

冷水泼醒

泼醒了

拷打又似笼屉蒸

冷冻热洗

煎炸油烹

敌人百般折磨

用尽酷刑

王子清

大义凛然

辛苦遭逢起一经

宁死不屈

干戈寥落四周星

想起抗元名臣文天祥

他身体痛苦心激动

人生自古谁无死

留取丹心照汗青

一甩头颅做准备

为党的事业英勇牺牲

第三十七节　成功越狱回岳城

面对牢房的阴森黑暗

窥视铁窗的面目狰狞

遍体鳞伤的王子清

身子趴在地上

内心顾虑重重

刚到上海就被捕

中央局内部定有奸情

想方设法逃出去

向党中央汇报情况

免使更多同志遭遇不幸

想到此

共产党员的责任感油然而生

精心细致策划

准备越狱逃生

乔装打扮

逃离险境

骗取宪兵信任

"协同"抓人引领

趁机甩掉特务

找到党的接应

迅速钻进火车

辗转来到开封

速向河南省委汇报

上海局叛徒告密有奸情

党内锄奸

王子清立了头功

王子清成功越狱

从南京到开封

再从开封回到岳城

已是一九三六年的清明

直南大地春风送暖

杨柳依依百花正红

踏着熟悉的土地

望着熟悉的树影

走在回家的小路上

他的心情格外放松

从磁县赶去上海

从上海回到岳城

短短一年时间

来也匆匆

去也匆匆

经历了太多太多的事情

铁窗之内受尽煎熬

回想起来头脑发蒙

可革命者就是革命者

他渐渐快乐起来

抛去被捕入狱的阴影

"我王子清大难不死，

说明老天还不想要我的命。

我还能继续为党工作，

继续进行革命斗争。"

想到这儿

步履轻松

为了安全

摸黑赶回自己家中

看过老父亲

才想起妻子清莲正在等

掀门帘进屋里

一双儿女已入梦

清莲起身端暖瓶

热乎乎的水倒入洗脚盆中

轻轻给丈夫洗着脚

看见腿上的伤疤还流着脓

清莲的眼里流起泪

丈夫的伤疤她心里痛

搀起子清躺炕上

遍体鳞伤让人吃惊

浑身的伤痕像鱼鳞一样密

疼得子清一动也不能动

看着丈夫被折磨成这个样

清莲的双眼哭得红肿

"你就是个铁人，

也禁不住这样锤打枪崩。"

这一夜夫妻二人没有睡

一直说话到天明

清莲说她在家的事

子清你要听分明

"这一年春旱夏涝地不收，

早不见传说的五谷丰登。

两亩薄田收获的粮食，

夏秋之后过不了冬。

地主富农还逼债，

没有老百姓过的好光景。"

子清说他在外的事

讲述上海和南京

"这两年共产党主张抗日寇，

全国上下齐响应。

上海作为党的诞生地，

具有爱国反帝光荣传统。

经过长期浴血大奋战，

上海党组织独立作战能力大提升，

走在全国抗日救亡运动最前沿，

不断掀起声势浩大的抗日救亡运动。

和南方的波澜壮阔相比较，

咱磁县的运动还需要再拉硬弓。"

清莲说你的心思我知道

可伤筋动骨百天疼

待在家里养好伤

壮实的身板去斗争

子清说待在家里憋得慌

找不到党组织他心不宁

在家住了三五天

王子清骑车出岳城

县城里找到蔺子瞻

了解到直南仍在白色恐怖中

直鲁豫特委遭破坏

党组织的情况不知情

彭城找到李相虞

仍没找到党组织的踪影

左找右找找不到

感觉像一只断了线的风筝

忽高忽低空中飘

孑身一人孤零零

三乡五里重新组织

领导工农群众开展革命

时间过去了小半年

八月中秋月儿明

谷穗弯腰大豆笑

玉米金黄高粱红

王子清田地里面忙收获

北方局张玺到了彭城

恢复直南党组织

首先找到了王子清

二人见面愣愣神儿

张玺说我要猜猜你的姓名

"闻名直南称'黑王'

你的名讳叫子清。"

子清握住张玺的手
"听听我的心，
那真是心潮难平，
寻找多日今实现，
终于回到党的怀中。"

张玺代表北方局
把恢复党组织的工作来敲定
安排子清牵好头
发挥"直南活地图"的优势作用

子清得令立即行
不顾险恶到大名
与各县县委接上头
恢复地方党组织奔波不停
短短几个月有了起色
直南党组织的工作越过寒冬
白色恐怖下
党内联络工作做得虎虎生风

第三十八节　　延安党校蒙奇冤

一九三一年九月十八日夜

日本关东军的炸药运个不停

野蛮炸毁南满铁路

栽赃嫁祸中国军队是个帮凶

以此为借口

炮轰沈阳北大营

发动"九一八"事变

陆续侵占了东北三省

建立伪满洲国傀儡政权

蓄意制造和发动侵华战争

开始对东北人民长达十四年的殖民统治

中日民族矛盾陡然上升

一九三七年"七七"事变

日寇无理要求进入宛平城

遭拒后武装夺取卢沟桥

全中国人民义愤填膺

抗日战争全面爆发

神州大地处处铁蹄之声

惨遭蹂躏的民族

呻吟

疼痛

迷茫

寻灯

英明的共产党

举起大旗

向日寇发起猛烈的进攻

党中央

着眼抗日需求寻找精英

全国范围选拔人才

延安进修后委以重用

太行山的柿叶秋霜染红

中共河北省委作出决定

王子清脱离直南特委工作

到延安中央党校学习真经

接到指示

王子清心情激动

面对组织表明态度

坚决服从

临走之前

回到岳城

看望父亲、妻子和儿女

告别街坊邻居和亲朋

哪料到

进家门

药味浓

七十七岁的老父亲身患重病

土炕上

破被中

瘦骨嶙峋的王德贵闭着眼睛

王子清紧走两步

扑到炕中

握住老父亲的手

痛哭流涕

悲泣声声

"爹，

儿子不孝，

无义无情，

照顾不了父亲，

拖累了家庭。

自古忠孝不能两全，

我让清莲给您养老送终。"

王德贵

强忍疼痛

睁开眼睛

摇摇头

早已老泪纵横

"儿啊儿，

爹我懂，

你在外边干革命，

为的是咱劳苦大众。

不要牵挂家里，

不要儿女柔情，

不要辜负了党，

不要辜负了老百姓。

放心去吧，

要做就做一个顶天立地的英雄！"

王子清

内心痛

扑通跪在屋当中

给爹磕了三个响头

感谢老父的理解和宽容

给妻子鞠一个躬

感谢她养育儿女孝敬公公

"红旗插不遍全中国，

我就不回岳城。"

说完这句话

仰头把身挺

站起来

猛转身

一头冲进伟大革命的暴风骤雨中

到延安

沐春风

入住中共中央党校

学习马列主义真经

年前校长李维汉

亲切接见王子清

听取直南工作详细汇报

给予肯定万千叮咛

"你是二一年入党的老党员，

党性强觉悟高很有水平。

进党校安心学马列，

展才华随时听党命。"

王子清

右手敬礼脚立正

坚毅的目光语出声

"感谢李校长，

子清立保证，

努力勤奋学，

随时服从党的命令！"

谁料想

次年三月

党校校长换成康生

全校会上

康生自以为理论高深

公开污蔑党的纲领

讲话未毕

引起场下师生躁动

眼里揉不进沙子的王子清

站立起来

当场发声

据理反驳

惹恼了康生

康生公报私仇

把王子清视为肉中刺、眼中钉

实施隔离审查

大搞刑讯逼供

抓住已有结论的上海被捕之事

妄加特务罪名

秘密处决

天堂里多了一个冤屈的魂灵

苍天惊色

大地失声

黄土高坡上草木低垂

殷殷鲜血染红了那座窑洞

耿直的王子清

献出了年仅三十五岁的生命

可怜的王子清

至死不知有何罪行

大义的王子清

追求真理甘愿血雨腥风

第六章

东方红日万轮霞，普照人间亿万家。
从此太平归盛日，旌旗插遍大中华。

题记——火之璀璨

第三十九节　家乡遥寄思念情

新中国成立后

清莲和她的儿女

还有磁县的百姓

日夜想念王子清

询问患难战友

四面八方打听

却始终杳无音信

情况不明

只好

联合致函党中央

寻找王子清的踪影

一九五〇年五月

敬爱的周恩来总理复信

"王子清为革命已牺牲，

望当地政府照顾好其家属和子女，

按烈士对待。"

这一噩耗

似残阳洒地

如六月雪崩

太行低头漳河痛

上苍垂悲泪雨倾

烛火之殇天地暗

家乡人悲愤欲绝气无声

子清妻子赵清莲

愤怒悲切

双眼哭得红肿

默默念叨

大义藏胸

"子清啊子清，

您是否在天有灵？

红旗已经插遍全中国，

您为啥还不回到岳城？！"

雾霾过后终会天晴

黑夜之后就是黎明

人民不会忘记

组织铭记赤城

真理终将战胜邪恶

时间就是正义的天平

各级组织多次到岳城安抚

慰藉子清的在天之灵

一九五六年

民政部

给赵清莲颁发"烈属证明"

全家享受烈属待遇

曾经的冤屈终于洗清

一九八五年四月

中共中央组织部为王子清平反昭雪

民政部颁发"革命烈士证明"

从此

为党的事业鞠躬尽瘁的王子清

组织上给了准确定性

一九九〇年

中共中央组织部批准

邯郸市晋冀鲁豫烈士陵园

鲜花簇拥

一座崭新的墓碑前

刻上了三个大字——王子清

第四十节　　火种璀璨照千秋

二〇一〇年
直南党史馆竣工投用
王子清作为直南党史上
"六个第一"的缔造者
遗物遗存陈列其中
接受世人瞻仰
赢得崇高尊敬
列为爱国主义教育基地
铭记历史岁月峥嵘

二〇二〇年
时村营乡西小屋村
直南第一个党支部纪念馆修葺启用
详细记录了王子清光辉而短暂的一生
纪念馆广场上矗立的那支火炬
就是点燃直南大地革命烽火的百年火种

王子清

一九二一年十二月加入中国共产党

中国人民的儿子

神州大地的英雄

跟随共产党无怨无悔

革命斗争信念永恒

王子清

犹如一颗火种

在直南

在豫北

在鲁西

在冀东

用三十五岁的年轻生命

点燃黑夜里的光明

用敢为人先的精神

让冰封大地苏醒

用金丹火炼的意志

辉映共产党员的笑容

用不屈不挠的胸膛

让沉睡巨龙从此升腾

王子清的一生

宣传马列主义思想

建立发展直南党组织至伟居功

具有崇高革命理想

是中国共产党史上一名奇兵

王子清的一生

疾恶如仇

爱憎分明

忠于人民

忠于革命

清正廉洁

两袖清风

千秋功德

青史垂名

泱泱中华多豪杰

星星之火燎原红

一个个先烈

前赴后继

争当先锋

为了党和革命事业

抛头颅

洒热血

献出宝贵的生命

一个个火种

生生不息

交相辉映

燃烧自己照亮苍穹

铸就了

社会主义制度的灿烂

璀璨了

共产主义理想的彩虹

牢记历史

勿忘英雄

缅怀先烈

化作行动

中华民族伟大复兴的中国梦

已经启程

第一个百年目标已经实现

全面小康社会已经建成

第二个百年目标并不遥远

全面建设社会主义现代化国家众志成城

新时代，新起点

新任务，新征程

奋斗未有穷期

发展永无止境

时代在召唤

热血已沸腾

我们

不忘初心

牢记使命

学习百年党史

掌握历史主动

做到

学史明理

学史增信

学史崇德

学史力行

增强"四个意识"

坚定"四个自信"

坚决做到"两个维护"

沿着中国特色社会主义道路奋勇前行

我们一路高歌

绝对忠诚

永远跟着共产党

让鲜红的党旗颜色更红

值此庆祝党的百年华诞之际

面对镰刀锤头交织的党旗

我们高举右手

重温入党誓词

"我志愿加入中国共产党,

拥护党的纲领，

遵守党的章程，

履行党员义务，

执行党的决定，

严守党的纪律，

保守党的秘密，

对党忠诚，

积极工作，

为共产主义奋斗终身，

随时准备为党和人民牺牲一切，

永不叛党。"

后记

    常有人问我，你写了那么多年诗歌，乐趣在哪？图个啥？就在我的长篇叙事诗《火种——献给王子清烈士》即将付梓印刷之际，有人还问我，你不知疲倦地写，图个啥？我反问，我们革命先烈抛头颅洒热血，图个啥？

    答案藏在人们的心中，也藏在我的心里。

    这首长达五万多字的叙事诗《火种——献给王子清烈士》是我用三年的心血写成的。作为一名磁县人，作为一名诗者，如何将直南地区第一个共产党员王子清烈士短暂而光荣的一生写出来、留下来、用起来，一直是我深深思考的事情。在经历了多次探索和尝试后，我决定采用叙事诗歌的文学形式，记叙这位革命先烈的峥嵘岁月和光辉足迹，解密红色火种在沉沉黑夜中成功燎原的精髓所在，让读者感到故事真实，生动可读，兼具党史和文学的双重作用。于是，我尊重历史客观事实，查阅各种文史资料，走访相关人物场所，将"史"的严谨性与"事"的通俗性有机结合，以时间为序，以史料为据，让各个章节相互独立，各自成篇，突出故事性、文学性和真实性，全方位展示以王子清为代表的直南地区革命斗争波澜壮阔的重大事件和时代场景，真实反映直南地区轰轰烈烈的革命历程。

如今，在各界朋友鼎力支持和大力帮助下，这部长篇叙事诗终于付梓印刷成书了。在这里，我要感谢各位领导的支持和鼓励，感谢百忙之中对本书策划编辑、印刷出版的所有朋友，他们付出的心血让我深受感动，备受鼓舞，终将铭记在心，付之于行！还要感谢长期以来关心我的各位诗友们，正是大家的热心支持和交流互动，使我受益颇多，对于把准政治站位、提高艺术技巧起到了重要作用。各界朋友的鼓励和支持一直是我奋进前行的不懈动力，才让我的诗歌创作之路走到今天。

由于自己才疏学浅，水平有限，加之直南地区有些党史资料缺失等原因，不当之处，敬请读者批评指正，不吝赐教。倘能如此，幸莫大焉。

王天银

2022 年 3 月